目次

Tokyo Kakuriyo
Public Security Bureau

小学館文庫

東京かくりよ公安局

落チル月

松田詩依

小学館

序章　家出少女

夢を見た。悪い夢だ。

空に浮かぶ満月は不気味な血色に染まっていて、足元には長髪の女性が倒れている。

ぬるりと嫌な感触がしたので手を見れば、そこは血でべっとりと濡れていた。

『——真澄』

掠れた声で名前を呼ばれた。耳当たりのよい静かな声だ。

女性が虚ろな目で俺を見上げている。その腹部からは血が止めどなく流れていた。

俺は彼女の顔も名前だって知らない。だけど胸が張り裂けそうなほど悲しくて、やり場のない怒りと悔しさを感じていた。

『お願いだ。あの子を、救ってほしい』

縋るように手を握られた。長い前髪に隠れた目の端から涙が一筋零れ落ちる。

『あ——』

『無様だね』

嘲笑が俺の声を遮った。

顔をあげるといつの間にか眼前に立っていた青年が俺たちを見下ろしていた。

不自然な逆光で顔は見えない。でも、俺はその声も姿もよく知っている気がする。

『お前は、誰だ？』

『いずれわかるよ』

ぱん。その男が手を叩（たた）くと強風が吹き付け、俺は夢から弾（はじ）き飛ばされたのだった。

＊　＊　＊

「――っ」

飛び起きると、そこはいつも通りの自室だった。

やけに鮮明な夢。嫌な汗をかいたせいで肌に寝間着が張り付いて気持ちが悪い。

開けっぱなしの窓から聞こえる虫の声。エアコンもない室内には熱が籠もっている。

あんな悪夢を見たのは東京の厳しすぎる残暑のせいに違いない。

『随分魘（うな）されていたな。大丈夫か？』

枕元で丸まって眠っていた金色の狐（きつね）が徐（おもむろ）に顔をあげた。

聞き心地の良い声に安堵（あんど）する。彼女の名前はこがね。ワケあって俺に取り憑（つ）いている狐のあやかしだ。

「ああ……なんか、変な夢見てた」

『わかっておる。私も見ていたからな』

暗がりの中でこがねの瞳が金色に輝いていた。

すぐ傍の姿見に映る俺の目も同じように淡く光を放っているじゃないか。

「今の夢はこがねの記憶なのか？」

『いいや、あれは――』

口ごもるこがねに話の続きを、と促すように視線を送る。

『……あれは恐らく未来のこと。私の千里眼は現在、過去、未来、全てを見通すことができるからな』

「じゃあ、あの夢で見た出来事がいつか起きるってことかよ」

『うむ。だが、あまりにも断片的だった故、それがいつ起こるかはまだわからない』

「どうしようもねえじゃん……」

やるせなく頭をかきながら立ち上がる。すっかり目が冴えてしまった。

襖を開けると生暖かい風が吹き込んだ。まだ真夜中で外は暗く、中庭の草むら辺りでは虫がうるさく鳴いていた。

「こがねはあの女の人のこと知っているか？」

『もうはっきりと思い出せないが……なんとなく見覚えがあるような気がした』

「断片的にしか見えなかったのは俺の力が弱いからか？」

『いいや。私だって未来視は滅多にしない。この力が其方に発現するとも思わなかったんだ。だから、自分を悔いることはない』

俺は両手を見つめて呟いた。あの血の感覚がこびりついて離れない。

あの人のことを思い出そうとするほど記憶が薄れていく。名前も知らない。もう、顔だって思い出せない彼女は俺に一体なにを頼みたかったんだろう。

「黄金、真澄！　ああ、よかった起きてた」

長い廊下の向こうから足音がぱたぱたと近づいてきた。

狐耳と尻尾が生えた中性的な容姿のあやかし、しろがね。この子はこがねの双子の片割れで、今では俺の相棒だ。

「そんなに急いでどうしたんだ。見回り交替はまだだったよな？」

「それが拾壱番街で妖魔がわんさか現れたんだって！　三海と恭助は別のところに行ってるからボクたちが出動するようにって稔が」

「了解。着替えたらすぐ行く」

「じゃあ、ボクは本部で待ってるから。黄金、またあとでね」

しろがねはこがねに手を振ってぱたぱたと走り去っていった。

俺はすぐに寝汗に濡れた寝間着を脱ぎ捨て、姿見の前で制服に袖をとおす。

艶のある重厚な漆黒の生地。襟元に輝く小さな金色のバッジ。月に雲の月紋は幽世公安局員の証だ。

「さあ。行くか、こがね」

『うむ』

俺の周りを浮遊していた細っこい狐がくるりと身を翻す。しろがねと瓜二つの金髪の美少女。これが彼女の本来の姿だ。

部屋を出て中庭沿いにぐるりと続く外廊下を歩き、大きな武家屋敷の中央にある広間に向かう。

「西渕真澄、入ります！」

勢いよく襖を開けると、部屋の中央に座っている上司の戸塚稔さんと目があった。その両脇にはしろがねと布で顔を隠した鬼の女の子、百目鬼ちゃんが座っている。

『なにがあったのだ』

「現世世田谷区直下、幽世拾壱番街に十体以上の妖魔が現れた。百目鬼によると人間の少女が一人こちらに迷い込んでいるようだ」

「人間の女の子が？」

「ああ。白銀と二人で現場に飛び、妖魔の討伐と少女の保護にあたってくれ」

「了解」

戸塚さんの指示と同時に百目鬼ちゃんが目隠しを外した。

磨かれた鏡のような瞳に俺とこがね、そしてしろがねの姿が映される。

「——目標、現世世田谷区直下・幽世拾壱番街。飛ばします！」

その瞬間、部屋は眩(まばゆ)い光に包まれ俺たちは百目鬼ちゃんの瞳に吸い込まれた。

目の前に広がるのは万華鏡のように美しい世界。その模様の一つ一つに幽世の街々が映し出されている。

弧を描くようにそれらがかしゃんと動いた瞬間、俺たちの体は空中に放り出された。

「今日はまた一段と高い場所だな！」

「急だったから百目鬼も焦ってたんだよ！」

即座に吹きつける強風と浮遊感。俺たちは幽世の空中から下に向かって落ちていた。

見上げるは東京の街。見下ろすは俺たちが暮らす街。

ここは幽世。人間が暮らす現世——日本の首都・東京の足元に存在するあやかしたちが暮らす地下異界だ。

「っしゃ、いくぞ！」

俺の名前は西渕真澄。少し前まではフリーターだった。

ひょんなことから瀕死(ひんし)の重傷を負った俺はこがね——ええと、本名・天狐神(てんこのかみ)黄金に命を救ってもらう代わりにある契約を交した。

それは、こがねの血を分け半妖となり、そして彼女を自分に憑依(ひょうい)させること。

半分人間、半分あやかし――そんなイレギュラーな存在となってしまった俺は監視対象としてとある組織に属することになった。それがこの『東京幽世公安局公安部特務課』だ。

現世と幽世の秩序を守る国家秘密組織――まあ、つまるところは公務員だ。業務内容は幽世に現れる妖魔と呼ばれる悪いあやかしたちの退治と、二つの世界の治安維持。

人の世とは異なる世界で、俺たちは昼夜問わず、人に知られることもなくこうして世界の平和を守っているわけだ。

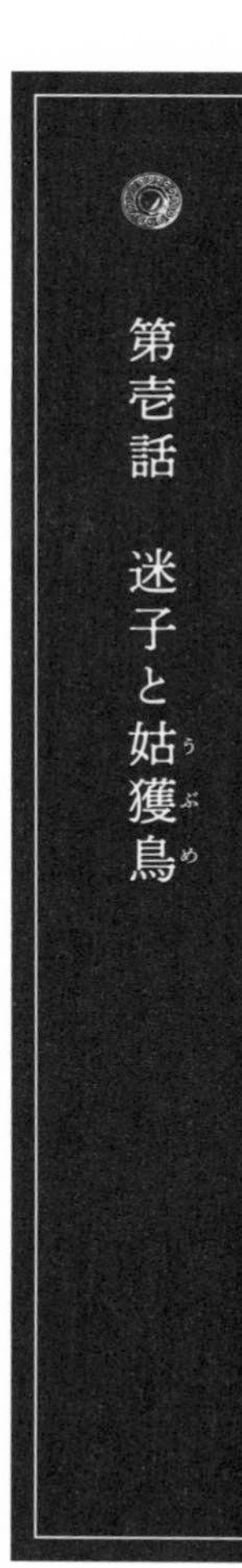
第壱話
迷子と姑獲鳥（うぶめ）

地に足がついたタイミングで雨が降ってきた。湿気と蒸し暑さで吐きそうになる。世田谷区の真下に位置している幽世拾壱番街。地面だけでなく、建物の壁や屋根から草木や大木が生い茂り、人工物と自然が入り交じった幽世の中でも少し異質な街の作りになっているようだ。

俺たちは中心部から離れた人気のない裏路地に降り立ったらしい。丁度真正面突き当たりの空き地には、十体ほどの妖魔が月明かりに照らされ蠢いているのが見えた。

「まだ気付かれてないみたいだ」

しろがねが声をひそめて妖魔を指さす。

距離としては十メートル。これだけ近くにいるのにヤツらは俺たちに気付かず輪になって中心をじっと見つめていた。

「お嬢チャン、人間……だよなァ？」

「ひっ……」

十歳くらいの女の子が一人、そこにいた。長袖を着て、リュックを背負っている。

細長い手足をした気味の悪い妖魔がほくそ笑んで彼女の腕を掴む。

「ゴチソウだァ！」「柔らかそうナ腕ガいい！」「オデは足」「メダマがヨイゾ」

理性を失った妖魔たちは舌なめずりをしながら息巻いている。

「早く助けないと」

『待て、真澄。こんな場所で戦闘に入れば少女が巻き込まれてしまう』

「……ちっ」

踏み出そうとして足を止めた。

こがねのいうとおりだ。下手に刺激をしたら妖魔が彼女を傷付けるかもしれないし、最悪人質に取られかねない。

「それなら任せて。ボクが敵を引きつけるから、その間に真澄は女の子の保護を」

「オーケー。それでいってみるか」

準備運動する俺の隣でしろがねは目を閉じ、人差し指と中指を立て口元にあてる。

「幻術展開——夢幻霞」

しろがねが指先に息を吹きかけると周囲は白い霞に包まれた。突然のことに妖魔たちは不思議そうに周囲を見渡している。

「——ねえ。そんな小さな子よりも、目の前に大きなご馳走がたくさんあるよ？」

脳に直接響く妖美な声。それに誘われるように妖魔たちはお互いの顔を見合わせ動きを止めた。

「ご馳走……」

「食い物」

にたりと笑ったその口から涎が垂れ、彼らの目の色が変わっていく。

「いただきマぁああああす！」

妖魔たちは女の子に目もくれず同士討ちをはじめたじゃないか。

これはしろがねの妖術。自分の言葉で相手を思い通りに操る恐ろしい技だ。

戦いあっていた妖魔たちはやがてそれぞれの肉に喰らいつきはじめ——。

「いや、幾らなんでもやりすぎだろ！」

『ばかものっ！　童にこんな惨状見せる奴がおるか！』

「えー、同士討ちが一番手っ取り早いじゃん」

非難を囂々と浴びたしろがねは不服そうに口を尖らせた。

「文句いってないで早く保護してきなよ。こっからは真澄の番でしょ」

さすがにこれ以上先の光景を見せるのは子供の教育上よろしくないだろう。

「しゃあねえなぁ——千里眼、開眼」

走る構えをし、目を見開いた瞬間、雨粒さえも止まって見えた。

俺がこがねから授けられた『千里眼』は全てを見通す特殊な力だ。攻撃の太刀筋から、弱点、さらには動くべき道筋まで、見たいと思ったものはなんでも見えてしまう。

「待ってろ、すぐ助けるからな」

暴れ回る妖魔たちのすき間をかい潜（くぐ）り、千里眼が導き出した道筋をたどる。

「よく一人で頑張ったね、もう大丈夫！」

「おにい……ちゃん」

女の子のもとへたどり着くとすぐに小さな体を抱き上げた。

この戦いに巻き込まれる前に早くしろがねのもとへ――。

『――真澄、右だ！』

こがねの声と同時に右を見る。

視界の端に頭だけの大きな鬼が大口を開けて俺たちを喰おうと向かってきていた。

「きゃあっ！」

「はあっ!?　増援かよ！」

女の子を守るように抱え込み、ギリギリで攻撃を躱（かわ）した。鬼が戻ってくる前に慌てて走ってしろがねと合流する。

「あー……最悪だよ」

『囲まれたか』

「もうっ、どうするんだよ！」

三人で背中合わせに周囲を見る。

しろがねが幻術にかけた妖魔は既に全滅したが、俺たちは再び妖魔に囲まれていた。その数はさっきの倍。おまけに厄介そうな奴もいるようだ。

「ヒトの子ノ匂イを辿ッテキテミレバ。半妖に天狐、極上の馳走ばかりではナイカ」

中でも一番利口そうな妖魔が俺たちを高いところから見下ろしていた。

「俺たちごと喰おうってわけか……」

話もろくに聞かず妖魔たちは襲いかかってきた。

「しろがね、幻術つかえるか!?」

「真澄がコイツらの気を引いてくれたらできるけど、この子守りながらじゃ無理！」

攻撃を避けながら二人で作戦会議をする。

しろがねの術は発動まで少し時間がかかる、そして俺はいつも素手で戦っているため女の子を抱えたままではいささか分が悪い。それに今は妖魔の相手よりもこの子の安全のほうが優先だ。

「しろがね！　俺がコイツら引きつけておくから、その間にこの子を——」

二人で永遠と逃げているならどちらかが囮になるしかない。

しろがねに女の子を預けようとしたとき、遠くからからんと下駄の音が鳴った。

「……誰？」

『また増援か!?』

敵も味方も全員が一斉に動きを止めた。

紅の番傘をさし一本下駄を鳴らしながらゆったりとした動きでこちらに向かって歩いてくる人影が一つ。

地面につきそうな長い黒髪。同じように長い前髪のすき間から覗く切れ長の瞳。濡羽色の羽。息を呑むほど美しい、女性のあやかしだった。

「女ァ……夜道にコンナところを歩イテいたらアブナイゾ」

妖魔の一人が彼女に言葉を投げるも、その歩みは止まらない。俺たちの前までやってくると、そのあやかしは俺が抱いている女の子の顔を見た。

「お前もこの子を狙っているのか!?」

「待って真澄！　彼女は敵じゃない！」

戦闘態勢に入ろうとする俺をしろがねが制した。知り合いなのだろうか。いや、でも確かにいわれてみれば彼女から殺気は微塵も感じないような。

「その少女はヒトの子だな？」

あやかしは体を屈めて女の子と目をあわせた。驚く少女が瞬きをするとぽろりと涙が一つ零れる。

「大丈夫。少しの間、目を閉じておいで。私が、守ってやろう」

「……うん」

真っ白な手で優しく女の子の頬を撫で笑みを浮かべた。彼女がいうとおり目を閉じると、あやかしは立ち上がり妖魔を見据える。

『其方、どうするつもりだ』

「ここは私に預けてもらおう」

俺たちに背を向けて彼女は傘を閉じた。

「なんだなんだァ？　オマエも半妖たちのミカタかァ？」

「私は誰の味方でもない」

女が傘を天に伸ばした瞬間、降っていた雨がぴたりと止まった。

雨が止んだんじゃない。時が止まったように雨粒が宙に留まっている。その一粒一粒に月の光が反射して、とても綺麗だった。

「そこの。死にたくなければ頭を伏せろ」

「――っ、伏せろ！」

千里眼を開いていた俺は数秒先の光景を見てしまった。

慌てて女の子とこがね、そしてしろがねを抱き寄せ地面に伏せる。

「なに!?　なにがおきてるの!?」

「しろがね、こがね！　頭守って、耳塞げ！」

目を閉じたまま混乱している女の子の上から覆い被さり、俺はしっかりと耳を塞ぐ。

「――弾けろ、氷雨（ひさめ）」

ぱっと女が傘を開けた瞬間、凄（すさ）まじい音が耳を劈（つんざ）いた。

留まっていた雨粒が散弾のように四方八方に弾け飛び、妖魔の体を容赦なく貫いていく。

「が――っ」

妖魔たちはワケもわからないまま、無数の雨粒によって四散した。その骸（むくろ）は血の雨となって降り注ぎ、それを女は番傘で受け止める。

ほんの数秒の出来事だった。

「怖かったね。もう目を開けても大丈夫」

圧倒的な力、凜（りん）とした佇（たたず）まい。彼女は明らかに普通のあやかしとは違う。けれど、俺の腕の中にいる女の子を見つめる視線はとても優しいものだった。

「……お母さん」

そんなあやかしの瞳を見つめ、女の子は涙を流し気を失った。

『大丈夫なのか？』

「多分、気を失っただけ。余程怖かったんだろう」

俺の腕の中で眠る女の子の髪を優しく撫でると、そのあやかしは立ち去ろうとした。

「待って、あんたは一体何者なんだ」

「ただの通りすがり。名乗るほどの者ではない」

『否、私たちと共に来てもらうぞ、姑獲鳥(うぶめ)』

こがねの声に姑獲鳥と呼ばれた女性は足を止めた。

「お前たちは偃月院(えんげついん)の手のものか」

傘を持つ手に力が籠もる。そこではじめて彼女は俺たちに殺気を放った。

「ボクたちのこと忘れちゃった？　寂しいね、カガミ」

前に出るしろがね。するとこがねも身を翻し、元の姿に戻る。

二人を見た姑獲鳥は驚いたように目を丸くした。

「お前たち……天狐神(てんこのかみ)の黄金(こがね)と白銀(しろがね)ではないか」

「知り合いなのか？」

『うむ。ちょっとした、旧友だよ』

その時、風が吹き付けカガミと呼ばれたあやかしの髪をぶわりと巻き上げる。露(あら)わになった首筋に黒い二重の入れ墨が彫られているのが見えた。

「その入れ墨は罪人の証。人助けとはいえ、力を振るったキミを見逃すことはできない決まりなんだ」

「相変わらず、偃月院に尻尾を振っているのか？」

呆(あき)れたようなカガミの言葉に二人は首を振る。

『今は公安局。ヒトの味方をし、彼らを守るために働いている。其方を偃月院に売り飛ばすようなことはしない。だから、私たちと共に来てほしい』

「その子のこと心配なんだろう？」

するとカガミの視線は女の子に移る。

「仕方があるまい。大人しくついていこう」

カガミは殺気を消し、こくりと頷(うなず)いた。すると丁度雨が上がる。

「……そういえば、姑獲鳥ってどこかで聞いたことがあるような……」

「私は姑獲鳥。愛(いと)しい我が子を亡くし、身を堕(お)とした哀れで汚れた存在だよ」

その答えに驚いて顔をあげると、カガミは寂しそうに微笑(ほほえ)んでいた。

＊　＊　＊

――幽世壱番街、東京幽世公安局公安部特務課本部。

深夜にもかかわらず、部屋には特務課メンバーが勢揃(せいぞろ)いしていた。

「まさか現場に君が居合わせるとは思わなかったよ。久しぶりだな、姑獲鳥のカガミ」

中央に座る戸塚(とつか)さんがカガミを見た。

「私はたまたま通りがかりにこの子を襲おうとしていた妖魔を葬っただけ」

全員に囲まれているのにカガミは平静を保っている。それどころか、彼女の膝を枕にして寝息を立てている少女の頭を優しく撫でる余裕っぷりだ。

「この子、人間だよね？　なんでこんな時間に幽世に迷い込んじゃったワケ？」

「こんな時間にガキが一人で出歩くなんて、親はなにしてんだか」

女の子の様子を眺めている金髪の美青年は先輩の九十九（つくも）恭助（きょうすけ）さん。その隣にいるワイルド系山伏男子は烏天狗（からすてんぐ）の三海（みうみ）という。

「この少女の身元については現在確認中だ。判明次第連絡がくるだろう」

「稔（みのる）、本当に優月院に連絡しなくて大丈夫なの？　彼女、経過観察中でしょう」

「彼女の潔白は西渕（にしぶち）と白銀が証明してくれる。それに彼女からは敵意を感じない。なにかあれば俺が責任を持って対処するから大丈夫だ」

戸塚さんの隣に座る綺麗な女性、鬼蜘蛛（おにぐも）のヒバナさんが訝（いぶか）しげにカガミを見た。

「罪人とか経過観察中とかって……この人、そんなに悪いことしたんですか？」

女の子を撫でているカガミの表情は穏やかで、とても犯罪者には見えない。

『元々現世（うつしよ）で暮らしていたカガミは、人間の親を傷つけ子供を攫（さら）おうとしていたのだ』

「え……なんでそんなこと」

「子が親に不条理な暴力を受けていたからよ」

こがねが答えるよりも早くカガミ本人が話してくれた。

「じゃあ虐待されていた子供を助けようとしたってことか？」

カガミはこくりと頷く。なんだ。意外と正当な理由じゃないか。

「カガミの気持ちもわかるけどね……でも、半殺しはいくらなんでもやりすぎよ」

「……半殺しって？」

呆れるヒバナさんの口をついた物騒な言葉に嫌な予感がした。

「ヒトの子が受けた痛みをそっくりそのまま返しただけ。子を痛めつける親などこの世に存在する価値もない」

真顔で答えるカガミに背筋が凍りついた。

善良とはいえ彼女もあやかしだ。人間が決めた縛りはあやかしには通用しない。

「彼女の行動原理はあくまでも子供を救うため。だが、やりすぎたことも事実。その後その親は現世で然るべき処罰を受け、カガミは幽世で罰せられることとなったわけだ」

「だからあれ以来現世には赴かず、ここで大人しくしている。まさか……此度のことも咎めるつもりではあるまいな」

「俺個人としてはそのつもりはない。だが、君が人間がいる場に居合わせ術を使ったということが万が一偃月院に知れれば問題になるし、俺が庇いきれない部分もでてくるだろう。だからほとぼりが冷めるまでここにいてほしい、という提案だ」

カガミから滲(にじ)み出る殺気に戸塚さんは一切動じなかった。寧(むし)ろ虚をつかれたのは彼女のほうで、どことなく申し訳なさそうに女の子の頭を撫でる。

「私も貴方(あなた)には借りがある。今回は大人しく従おう」

「決まりだな。ならば後はこちらで上手(うま)くごまかすから、少しの間辛抱してくれ」

「恩に着る」

頭を下げるカガミ。また戸塚さんが板挟みになりそうな事案だ。これ以上彼の胃痛が悪化しないことを祈るばかりだ。

「……ん」

話がまとまったタイミングで女の子の目がぱちりと開いた。

『起きたようだぞ』

最初に気付いたこがねがちょこんと彼女の傍に座り顔を覗き込んだ。

女の子は眠そうに目を擦(こす)りながらこがねに焦点を定めていく。

『大丈夫か？　痛むところはないか？』

「キツネだ！」

『わっ!?』

一瞬で覚醒した彼女は勢いよくこがねを抱きしめた。

「もふもふ、かわいい！　しゃべるキツネのぬいぐるみだ！」

「これ……やめぬかっ！　私はぬいぐるみではな……くすぐった……あははっ！」

全身をくまなく触られているこがね。畳の上で身をよじりながら必死に耐えている。

そんな少女の背後に忍び寄る影が一つ。こがね命のしろがねだ。

「いきなり黄金を触ろうなんていい度胸じゃん」

眉をつり上げながら睨（にら）みつけるしろがね。はっと振り返った彼女は目を丸くした。

「なに？　今さら謝ったってもう遅い——」

「キツネの女の子だ！　ううん、男の子!?　あなたもとってもかわいい！」

「ちょっ!?　なにするんだよ、失礼なヤツだなっ！」

その子はなんとしろがねにも飛びついた。犬とじゃれ合うように二人の耳や尻尾を全力でもふもふしている。

「……っ」

「百目鬼（とどめき）ちゃん、落ち着いて」

なんとも微笑ましい光景を百目鬼ちゃんが手を震わせながら交ざりたそうに見つめていた。

「金ちゃん銀ちゃんではしゃぐってことは、やっぱりこの子あやかしが見えてるみたいだね」

「ああ。そうでなければ幽世に迷い込むこともないだろう。身元がわかり次第、彼女は家に――」

「やだ」

九十九さんと戸塚さんの会話を遮り、女の子は二人を睨んだ。

「家にはぜったい帰らない。あたし、家出したんだから！」

「……お嬢さん。名前と住所を教えてくれないか？」

「個人ジョーホーはいいません！」

ぷいっとそっぽを向く女の子に戸塚さんがたじろいだ。眼鏡をなおしながらこちらに視線を送り助けを求めてくる。

もしかして戸塚さん、子供の相手が苦手なのかもしれない。

「え、ええと……お名前だけでも教えてくれないかな？」

「知らない人に名前教えちゃダメって学校で習ったから教えない！」

見事俺も撃沈した。兄弟がいるとはいえ、同性だ。小さな女の子の扱いなんてわかりゃしない。

続いて三海に視線を送るとヤツは瞬時に目をそらす。

「オレはガキんちょのお守りはムリだかんな！」

「遊び人がよくいうよねー」

「オマエはできんのかよ。相棒」

けらけらと笑う九十九さんを睨む三海。

「おっけー、任せて」

意外な返事に全員が目を丸くした。

九十九さんは自信満々に立ち上がると、警戒心を剝き出しの女の子の前で跪く。

「お家、帰りたくないの？」

「うん」

「どうして？」

「……いいたくない」

「そっか。ならムリには聞かないよ」

「えっ」

追求せず九十九さんは会話を終えた。素っ気ない対応に今度は女の子が驚いた。

「大人なんか信用できないもんね。僕も反抗しまくってたからよーくわかるよ。でもね、ここにいる大人は意外と役に立つかもしれないよ？」

九十九さんがウィンクをすると女の子は困ったようにすぐ傍にいるカガミを見た。

「その男のいうとおり、無理に話す必要はない。でも、貴女が話したいと思うなら話すといい。そのヒトの子は信頼にたる男だ」

カガミは女の子の頭を撫でながらちらりと戸塚さんに視線を向けた。

「ほんと？　親に連絡したり、無理矢理お家に帰したりしない？」

「まず事情は聞く。事情を知れば、然るべき対処ができる。話はそれからだ」

戸塚さんが優しく諭すと彼女は深呼吸をした。

「あたし、神崎ふたば。小学三年生。お家は目黒にあって、お父さんとお母さんと三人で暮らしてます。でも、どうしてもお家に帰りたくないの」

ふたばちゃんは恐る恐る右腕の袖をゆっくりとめくる。

帰りたくない家出少女。季節外れの長袖。それが意味するものは――。

「……っ」

予想はしていたが彼女の腕を見た全員が息をのんだ。

そこには青痣や煙草を押しつけられたような丸い火傷の痕が幾つもあったからだ。

「あたし、オバケが見えるから。アンタは呪われてるって、お父さんとお母さんがお祓いしてくるの」

「……そっか。よく、一人でここまで逃げてきたね」

言葉を絞り出した九十九さんがふたばちゃんの頭を撫でた。

「あたし変な子だから、誰も信じてくれないの。だから家出するしかなかったの」

事情を話して気が緩んだのだろう。ふたばちゃんの目には涙が浮かんでいく。大きな滴をぼろぼろと零しながら、九十九さんに抱きついた。

人が見えないモノが見えてしまう人たちがどんな苦労をしているか、ここにいる全員がよく知っている。

「旦那、どうするんだよ。さすがにこのまま帰したらまずいんじゃねェか？」

「そうだな。虐待を見過ごすわけにはいかないだろう。然るべき処置がとれるまで、彼女をウチで保護しておこう」

三海が聞くまでもなく、戸塚さんは携帯を取り出してどこかに連絡を取り始めた。

「でも、両親が捜索願出したらまずいんじゃないですか？」

俺の問いかけに戸塚さんが不敵に笑う。

「放っておけ。警察が東京都内をくまなく捜したところで絶対に見つからないよ」

「俺らも一応警察の仲間っすよね……そんなことといっていいんすか？」

「現世の警察に保護され、いつ両親が迎えに来るかわからない恐怖に怯(おび)えるよりずっといいだろう……決めるのは、彼女だが」

答えを尋ねるように戸塚さんはふたばちゃんを見る。

「どうする？　選択権は君にある。この世界は地上に比べれば安全ではないが、家出をするには最適な場所だとは思うぞ？」

「……ここにいていいの？」

ふたばちゃんは戸惑いながら俺たちを見回した。彼女を追い出そうとする人は一人もいるはずがない。全員が頷くと、ふたばちゃんの顔にぱっと笑みが広がる。

「あたし、ここにいたい！」

「そうと決まれば、寝床を用意しないとね」

しろがねが立ち上がり部屋を出て行った。

時刻は日付が変わり、もうすぐ深夜一時になろうとしている。子供にとってはかなり夜更かしな時間だ。

「ねえねえ。あたし、お姉さんと一緒に寝たい！」

「……私と？」

ふたばちゃんに抱きつかれ、カガミは狼狽える。

助けを求め彼女が視線を送ったのは戸塚さん。彼は黙ってこくりと頷いた。

「いいよ。一緒に寝よう」

「やった！」

そうしてカガミとふたばちゃんは手を繋いで本部から出て行った。

「……あの姑獲鳥のカガミって人。女の子と一緒にして大丈夫なんですか？」

「大丈夫よ。カガミはヒトに手を出したりはしないわ。というか、できないもの」

疑問を呈する九十九さんにヒバナさんは微笑みながら、自分の首元を指さした。

「彼女の首に入っている紋様、あれは呪いなの」

「呪い？」

「偃月院が罪人につける呪い。彼女は次、ヒトの子に危害を加えたら死ぬわ」

ヒバナさんの指がすうっと首をなぞる。それが意味するのは死。

本当にこの世界は現世とは異なる。いや、逆にそこまでしないとあやかしたちを抑え込むことなんてできないんだろう。

複雑な気持ちを抱きながら、俺も今度こそ眠りにつくことができたのだった。

＊　＊　＊

「お兄ちゃんおはよう！」

「ぐはっ！」

翌朝、鋭い重みで目が覚めた。なんとふたばちゃんが俺に跨がり笑っている。

「……おはよう、ふたばちゃん。朝から元気だね」

「うん！　あのね、お兄ちゃん。外にお散歩にいきたいの！」

「お散歩？」

「お姉さんに聞いたら、お兄ちゃんに聞いてみろって」

「いやあ……俺も戸塚さんに聞いてみないとわからないなあ」

ふたばちゃんを下ろして俺も起き上がる。

カガミはきっとこがねがいるから彼女を俺に向けたんだろうが、さすがに外出許可を出せるほど俺は偉くない。

「戸塚さん？」

「昨日眼鏡をかけた男の人いたでしょう？　あの人がここで一番偉いんだ。その人がいいっていわないと、外に出られないんだよ」

「つまり……お兄ちゃんは、下っ端ってこと？」

「うっ！」

『ははっ、なかなか痛いところをつくじゃないか』

笑ってくるこがねを睨んでいるとぐうっと大きな音が聞こえてきた。俺たちは目を丸くするが、音の出所はどちらでもない。目の前にいるふたばちゃんだ。

「ふたばちゃん、お腹すいた？」

「すいてない。お腹が鳴っちゃっただけ」

両手でお腹を押さえ、ふたばちゃんは顔を真っ赤にして俯いている。

『朝ご飯は食べたのか？』

「食べなくて大丈夫。いつもだから」

「きちんと朝ご飯食べないと大きくなれないよ？」

「だって……あたしの朝ご飯ないんだもん」

お腹を押さえる手を握るふたばちゃん。彼女がどんな劣悪な場所で過ごしていたのか、想像するだけで怒りが込み上げてくる。その瞬間、俺は変なスイッチが入った。

『真澄……やるのか？』

「やるしかないだろ。お腹空いた子放っておけるわけないっしょ」

立ち上がり、厨房に向かう俺にこがねはしたり顔でつきまとってくる。

この屋敷にはそれは大層立派な台所があるけれど、有効活用している人はあまりいない。現世のようにガスもなければＩＨもないため、料理するためには薪で火を起こさなくてはならないからだ。

特務課のみんなは殆ど自炊をしない。まあ、食事は当番制じゃないからそれは各自の自由だ。ただ、いざ俺が厨房に立つと大抵誰かがやってくるんだけど――。

「お、マスミ飯作るのか？」

今日最初に来たのは三海だ。こいつも寝起きらしく、髪の毛が見事に爆発している。

「お前の分はないよ。俺とこがねと、ふたばちゃんとカガミの分だけな」

米を研ぎながら窺うように覗き込んでくる三海を睨んだ。

「いいだろついでにオレのも頼むよ。四人も五人も変わらないだろ」

「三海は三人分くらい食べるだろ。食べたいなら手伝ってくれ。火を焚いてほしい」

「合点承知！」

三海は待ってましたといわんばかりに竈（かまど）に薪をくべはじめた。

「僕も真澄くんのご飯食べたいから手伝おーっと」

続いて九十九さんがやってきた。これで男子が勢揃いだ。

「お、男子勢揃いっすね。じゃあ……ふたばちゃんも手伝い頼んでいいかな？」

「うん！　なにすればいい？」

入り口でじっとしていたふたばちゃんに声をかけると、笑顔で駆け寄ってきた。

「昨日お話しした部屋にみんないると思うから『朝ご飯食べるひとーっ！』って聞いてきてくれるかな？」

「わかった！」

ぱたぱたと元気に走り出したふたばちゃんはものの数分で帰ってきた。

「みんな食べるって〜！」

「了解。じゃあ、しっかり手伝い頼むぞ三海、九十九さん！」

「へいへい」

「はいよ〜、料理長」

その間に男子三人割烹着（かっぽうぎ）姿に変身した。

「あたしもお手伝いする！」

『それならば私もやろう』

五人で厨房に立ちゃいのやいのと騒ぎながら朝食を作っていく。

ぬか漬け、梅干しといった保存食を引っ張り出しつつ、卵焼きやら魚の干物を焼いて、大根をすりおろす。そこに炊きたての白米と、味噌汁をつければシンプルながらも豪勢な朝食のできあがりだ。

「運ぶの手伝うわよ～！」

出来上がったタイミングで女性陣も合流し、それぞれお膳を持って本部に移動した。

「なんか遠足みたいでたのしいね！」

廊下を歩きながらふたばちゃんは嬉しそうに笑う。ようやく子供らしい笑顔を見られて俺は少しだけ安心した。

この調子で、外出も決まれば嬉しいのだけれど――。

「――散歩くらい好きにいけばいいじゃないか」

朝食の席で戸塚さんは当たり前のようにそういった。

「え、いいんすか？」

「彼女の保護先は未定だ。今日本部で話してくるから、その間は好きにしていいよ」

「やった！　ねえ、お姉さんも一緒に行こうよ！」

「わかったから……そんなにしがみつかないで」

意外とすんなり下りた外出許可。ふたばちゃんは喜んでカガミに抱きつく。

「見回りついでに街を見てくればいいだろう。二班、そしてカガミも共に行動すれば守りも堅い。それに、壱番街であれば絡んでくる者も少ないだろう」

「げー……今日はガキんちょのお守りかよ」

「いいじゃん。男ばっかで見回りするより楽しいよ」

面倒臭そうな三海に対し、九十九さんは楽しそうだ。

「ごちそうさまでしたっ！　ふたば、お片付けする！　それで早くお出かけするの！」

「じゃあ、後片付けは私たちでやりましょうか」

そういってヒバナさんは女性陣を引き連れ食器を片付けに部屋を出て行った。

男子だけになった本部で、俺はそっと戸塚さんに尋ねる。

「戸塚さん、本当にいいんすか？」

「なにがだ」

「なにがって外出ですよ。幽世って一応トップシークレットなんですよね。ふたばちゃんは一般人なのに、連れ歩いちゃってもいいんすか？」

確かに、全員が顔を見合わせた。戸塚さんは眼鏡を直しながら小さく息をつく。

「……いい。大丈夫だ」

なんだか妙に歯切れが悪い。戸塚さんが話し中に目を逸(そ)らすなんて。なにか隠しているのか？

「戸塚さんなにか――」

「お兄ちゃん！　ヒバナお姉さんたちが片付けておくから、行ってきていいって！」

タイミング悪くふたばちゃんが廊下をダッシュして帰ってきてしまった。

「――楽しんでおいで」

話を逸らすように戸塚さんはそそくさと部屋を出て行ってしまった。

「本当に大丈夫なのか……？」

「ね、お兄ちゃん！　早く行こうよ！」

ふたばちゃんに手を引かれればもう駄目とはいえない。

「稔が大丈夫だっていってるんだから、きっと平気だよ」

行こう、としろがねが俺の肩を叩いて出て行く。

後ろ髪を引かれながらも、俺たちはふたばちゃんを連れて散歩がてら見回りに行くことになったんだ。

＊　＊　＊

「すごーい！」

すぐ後ろを歩くふたばちゃんは目を輝かせて景色を眺める。

ここは幽世壱番街。特務課の屋敷から程近いメインストリートを歩いていた。

「ねえ、今日はお祭りなの？」

『いいや。これが平常だ』

「ここは毎日がお祭りみたいなところだからね」

しろがねとこがねの言葉にふたばちゃんの口からはわぁ、と感嘆の声が漏れている。

彼女はカガミとこがねと手を繋ぎ、俺としろがねは前衛。三海と九十九さんの長身コンビで後衛を固めていた。

興味深そうな視線を向けてくるあやかしはいるが、がっちりと守りを固めている俺たちに絡んでくるヤツはいない。

「おやおや、お姫様でも守って歩いてるみたいだね」

「はは、違いねェ。お姫様のお忍び旅行ってやつよ」

通りがかった店の一つ目のおばちゃんに声をかけられ、三海が足を止める。

ここは飴屋(あめや)だ。お祭りの屋台で売られているような果物の飴が宝石みたいにずらりと並んでいる。その中には、明らかにゲテモノっぽいものも置かれているが……見ない振りをしておこう。

「可愛(かわい)らしいヒトの子だねぇ。お嬢ちゃん、よかったらお一つどうぞ。これならヒトの子でも食べられるだろう？」

差し出された大きな林檎飴にふたばちゃんは目を瞬かせる。

「いいの？」

「もちろん。そこの兄ちゃんたちにはいつもお世話になってるからね。どうぞ」

「ありがとう。いただきます！」

林檎飴を受け取ったふたばちゃんはその場で飴に齧り付いた。

彼女の顔くらいある大きな林檎。パキッと表面の飴が割れ、しゃくりと美味しそうな音が鳴る。口いっぱいに頬張ったふたばちゃんの顔は惚けている。

幸せそうな反応を見たおばちゃんは嬉しそうに彼女の頭を撫でた。

「お前さん方、その子しっかり守っておやりよ！」

男子は全員おばちゃんに背中を思い切り叩かれながら送り出された。

「ねえ、ここにいるのはみんなオバケなの？」

「幽霊とは違う。お化けは死んだ者。私たちあやかしはみんな生きている」

カガミの説明に、ふたばちゃんは林檎飴を齧りながら道行くあやかしを見る。

「あたしがオバケ見えてても、みんな気味悪がったりしないんだね」

「やっぱり、そういうのが見えるって……怖がられるものなの？」

俺は振り返りふたばちゃんを見た。彼女はきょとんとしながらこくりと頷く。

「嘘（うそ）つき、っていわれた。だからオバケが見えるの隠してたの。真澄お兄ちゃんも、恭助お兄ちゃんも、オバケ見えるんだよね？」

「そういうのが見えなかったらそもそもここには来られないしね。って……あれ。真澄くんは見えるようになったの最近だっけ？」

「そっすね。半妖になってから見えるようになりました。でも、弟は生まれつき見えてましたよ」

「真澄くんは弟くんがそういうの見えて気味悪くはなかったの？　嘘だとか思わなかった？」

「真咲（まさき）は嘘つくようなヤツじゃないんで。気味悪いって感じたこともないな。弟にしかそういうものが見えなくて、でも怖がってるのは両親も俺も知ってたから、なんとかしてやりたいとずっと思ってました」

「へぇ……弟くんは良い家族を持ったんだね」

俺の答えに九十九さんは意外そうに目を見張る。なにか変なこといっただろうか。

「いいなあ……あたし、お兄ちゃんのお家に生まれたかった。あたしのお父さんもお母さんも嘘つきってぶつの。嘘なんかついてないのに」

唇を尖らせ、ふたばちゃんは悲しそうに俯いた。

「いつからふたばは辛い思いをするようになったんだ？」

カガミの問いかけに、ふたばちゃんは彼女を見上げて笑う。

「だってあたしはカミサマの声が聞こえるから」

「カミサマ？」

その名前に全員が目を丸くして首を傾げた。

「カミサマはね、夏くらいにできたあたしの友達なの。あたしが困ったときアドバイスをしてくれるんだ。怖いときはねカミサマが『もう怖くないよ』って元気づけてくれるの」

にこやかに笑うふたばちゃんに全員が視線を見合わせた。

「……真澄、なにか見える？」

「……いや」

しろがねに耳打ちされ、俺はそっと千里眼を開いた。

ふたばちゃんの周囲には誰もいない。守護霊も悪い霊も取り憑いているものはなにも見えなかった。

彼女は酷い虐待を受けている環境下にあった。極限状態になると空想の友達を作るというが、その防衛本能が生み出したものの一種なのかもしれない。

「ふたばちゃんの両親は怖がってるんだよ。人間は自分の見えるもの以外信じようとしないからね」

九十九さんは笑顔だがその表情は暗かった。

「相棒も生まれつき見えてたのか？」

「んー、まあね。誰にもいってなかったけど」

「あやかしが見えて怖くなかったんですか？」

「あははっ、僕がそういうの怖がると思う？」

「……思いません」

笑う九十九さんに全員がさっと視線を逸らした。この人がおばけに怯えて震えている姿なんて絶対に想像できない。寧ろ鉄パイプを持って物理的に除霊してきそうだ。

「ねえねえ、鳥のお兄ちゃん肩車して！」

「あ？　仕方ねえなあ……しっかり摑まってろよ」

子供の面倒は見ないと豪語していた三海だが、ふたばちゃんのお願いは聞き入れるらしい。百九十センチ近くある三海の肩に乗って見る景色はきっとすごいだろう。

人混みをかき分け走って行く三海と、ふたばちゃんの楽しそうな笑い声が響き渡る。

「三海も案外面倒見良いじゃん」

『カガミも楽しそうだな』

「ああ……子供は笑っているのが一番良い」

楽しそうなふたばちゃんを見ながら、天狐コンビとカガミは柔らかく微笑んだ。

その時だ。三海たちの目の前で大きな爆発が起きた。

「なんだ!?」

すぐに三海はふたばちゃんを肩から下ろし、守るように抱きかかえる。

爆発が起きたのは目の前の建物。もくもくと土煙が上がり、その中に二つの大きな人影が見えている。

「カガミ、ガキんちょを頼んだ」

「わかった」

三海はすぐにふたばちゃんをカガミに託し、俺たちは戦闘態勢に入る。

百目鬼ちゃんからはまだなんの連絡も入っていないが、もし妖魔だったらこの街中で戦闘に入るのは少々骨が折れそうだ。

「やいやいやい！　またウチの客横取りしおったな、この唐変木！」

「いいがかりは止してくれ！　あの客はウチのほうが美味そうだから来てくれたんだ。テメェの料理がクソ不味いだけじゃねえか！」

煙の向こうから現れたのは妖魔ではなく、二体の大きな熊だった。

「……鬼熊かよ」

それを見た俺たちはまたかと頭を抱えた。

食堂鬼熊亭。幽世壱番街で最も味のいい食事処として俺たちもよく世話になっている店だ。ただ、ここの店主の兄弟は信じられないくらいに仲が悪いことで有名だった。

「いいか！　肉がなきゃはじまらねえだろ！　料理は肉が基本だ！」

「なにいってやがる！　料理は魚だ！　魚が最も美味いに決まってる！」

兄のクマヨシは肉の塊を、弟のクマキチは魚を抱え見せつけながら言い争っている。

まあ、つまるところ片方は肉を愛し、もう片方は魚をこよなく愛している。互いの価値観がぶつかり合い、一つの店だというのに二人の店主が客を取り合っているという謎多き飲食店になっていた。

「どうする？」

「ここの喧嘩はいつものことでしょ。どっかの風雷神と違って幾ら喧嘩しても現世に影響はないから放っておけば？」

『無駄に関わると、私たちが巻き込まれかねないからな』

全員戦闘態勢を解き、その場を離れようとしていた。

俺たちの仕事は、現世に関わりがありそうな事件を収めることだ。正直今回は関係ない。

ここの店主に下手に関わったら長時間肉や魚への愛を語られ、下手に相づちを打とうものなら腹がはち切れそうなほど喰わされた挙げ句、もう片方から包丁が飛んできそうなほどの殺意を向けられるんだ。

特務課全員の共通認識だ。彼らには絶対に関わらないほうがいい。

「お兄ちゃんたち警察官なのに、喧嘩止めなくていいの？」

純粋無垢（むく）な一撃が俺たちを容赦なく貫いた。

立ち去ろうとした全員が足を止め、鈍い動きで喧嘩している熊を見る。

「おいおい、面倒事になるぞ……放っておいたほうが」

「三海お兄ちゃん、突撃して！」

「はあ⁉」

「いいから、いいからっ！」

いつの間にか三海の肩によじ登っていたふたばちゃんは彼の頭をつんつんとつつき、喧嘩の中心に突っ込めと命じているじゃないか。

「あーもう、めんどうくせえ嬢ちゃんだな！　ほらいくぞ！」

「とつげき〜！」

「ちょっと！　三海！」

しろがねの制止も聞かず、ふたばちゃんは喧嘩の仲裁に入ってしまった。

あーあ、もうしーらない。

「今日こそお前を三枚おろしにしてやろうか！」

「テメェで熊鍋作ってやろうか！」

「こら！　やめなさい！」

二人が顔をつきあわせ威嚇をしている真っ只中。ひょこりと少女が現れた。

「けんかりょーせーばい！」

えへん、と三海の頭の上で胸を張るふたばちゃん。これには鬼熊兄弟も驚いた。

「なんだこのガキ！」

「俺様たちの喧嘩に口出ししてんじゃねえぞ！」

「なら、あたしがどっちのクマさんの料理が美味しいか決めてあげる！」

これが妙案だとばかりに満面の笑みを浮かべるふたばちゃん。きっと悪意はない。

「あ？」

「……もしかしてクマさんたち、自信がないの？　真澄お兄ちゃんのご飯のほうが美味しかったりして！」

何度でもいおう。ふたばちゃんには一切悪気はない、はずだ。

だが場の空気は凍り付き、熊たちの頭に血が上っていくのが手に取るようにわかる。

「このガキ、いい気になりやがって……」

「喰ってやる！」

この兄弟、そういうところでは気があうらしい。

爪と牙を剝き出しにしてふたばちゃんを襲おうとした瞬間、俺たちは動いた。

「はい、そこまで～」

九十九さんが笑顔で鉄パイプをクマヨシの開いた口の中に突っ込む。

「ガキ相手に本気になるなよ、いい大人がだっせぇぞ？」

反対に三海がクマキチの口の中に錫杖をねじ込む。

「……二度と料理ができない体にしてほしいか？　えぇ？」

中でもカガミが今にも射殺しそうな勢いで鬼熊たちを睨みつけるものだから、彼らの戦意は急激にそがれていく。

両手をあげ、降参している。その手の中で肉と魚が寂しそうに揺れていた。

「特務課の人間どもじゃねぇか……」

「一体なにが目的なんだ！」

「だからいってるでしょ！　クマさんたちのご飯、どっちが美味しいかあたしが決めてあげるっていってるの！」

殺気剝き出しの俺たちに取り囲まれた鬼熊兄弟。満面の笑みを浮かべるふたばちゃんに毒気を抜かれていく。

「わかったよ……ほら、さっさと入れ」

「クマさんたちがお昼ご飯ご馳走してくれるって～」

「やった～！」

九十九さんはふたばちゃんを肩車して意気揚々と店内に入っていく。

最初に喧嘩をはじめたのは鬼熊たちのほうだけれど、最終的に俺たち全員に料理を出すことになってしまうわけだから、なんだか申し訳ない気もした。

『ほら、真澄。いくぞ』

「はいはい」

こがねに手を引かれ店に向かっていく。こんなことになるなら朝食をもっと減らしておけばよかったと後悔しても遅い。

まあ、とりあえず喧嘩が収まったことだけでもよしとしようじゃないか。

＊　＊　＊

カウンターに人数分ずらりと並ぶは食堂鬼熊亭名物・日替わり定食。

兄、クマヨシが作るのは巨大な肉塊をとろとろになるまで煮込んだ角煮。軽く動かしただけで脂身がぷるぷると揺れ、濃厚なタレが食欲をそそる。

対する弟、クマキチは生きの良さそうな謎の巨大魚の塩焼き。切り目の部分から覗く盛り上がった魚肉はふっくらとしていて見ているだけで美味しそうだ。

この店は体が大きなあやかし向けに作られているようで、かなり量が多い。メインのおかずだけでも人間の五人前はあるだろう。それにプラスして特盛りの丼飯と具だくさんの味噌汁と漬物がついて幽世価格のワンコインで食べられる。なんとご飯と味噌汁はおかわり自由ときた。大食いもギブアップ間違いなしのデカ盛りグルメだ。

　これで兄弟仲さえ良ければいうことなしなのに、な。

「いだだきます！」

　ふたばちゃんの前には二つの定食が並ぶ。ちなみに、絶対に食べきれないので九十九さんとカガミの物を少しずつ分けて貰っている。

　手を合わせた彼女はそーっと料理を口に運ぶ。

　まずは角煮を、続いて焼き魚を。それぞれじっくり味わってから箸を置いた。

「どうだ嬢ちゃん？」「どっちが美味い？」

　カウンターから身を乗り出し、二頭の熊が顔を寄せ合っている。

「どっちも！」

　期待を込めた眼差しから返ってきた答えに鬼熊兄弟は見事にずっこけた。

「ふざけるな！」「どちらが美味しいか決めるといったのはお前だぞ！」

「どうして？　どっちもとっても美味しいよ！」

　凄まれてもふたばちゃんは臆しない。それどころか首を傾げ不思議そうに二人を見つめる。あまりの純粋さに鬼熊たちはまた毒気を抜かれていく。

「こんなに美味しいご飯を食べられるお客さんは幸せだね。きっとみんなで食べたらもっと美味しいよ。だから、ね。クマさんたちも仲良く食べよ？」

はい、と差し出された箸を鬼熊兄弟は徐に受け取る。

「む……う」「そんなに、美味いのか？」

仕方がなく兄弟たちは互いの料理を口に運んだ。一口咀嚼し難しそうに眉を寄せる。

「……確かに美味いな。昔親父と釣りに行って、取れたての魚を焼いて食べたことがあった。この世で最も美味しい物だと、思ったよ」

「兄者の角煮も親父の味によく似ている。幼い頃、喧嘩に負けて泣いて帰ったときに親父ができたての角煮をこっそり食べさせてくれたことがあってな。この世にこんなに美味しい物があるのだと……感動を覚えた」

互いに素直に感想を零し、次第に箸が早く動き出す。

次から次へと亡くなったであろうお父さんの思い出話が出てきて、二人の目に涙が溢れだす。

「……う、ううっ。親父ぃ」

「親父の味は、俺たちの中に残っていたんだ……」

毛むくじゃらの腕で涙を拭い、鬼熊兄弟は顔を見合わせる。

「弟者、俺が間違っていた。この店には、弟者の味が必要だ」

「馬鹿は俺のほうだ兄者。兄者も親父の味をしっかり守っていてくれたんだな」

「二人で親父の味を、この店を守っていこう！」

声が重なり、二人は熱い抱擁を交わしている。

目の前で感動シーンを見せつけられ、俺たちは箸を一度も動かせずにいた。

「……この兄弟、どれくらい仲悪かったんだ？」

「軽く見積もって二百年くらい？」

「わーお」

しろがねの答えに俺と九十九さんの顔が引きつる。

小さな女の子が二世紀という厚い氷を一瞬で溶かして、兄弟を仲直りさせた。

『全く、ヒトの子は末恐ろしい』

「ふたば。やっぱり貴女はとても素晴らしい子よ」

「えへへ、役に立てて良かった！」

カガミに褒められるとふたばちゃんはとても嬉しそうに微笑んだ。

和やかな空気の中、全員で定食を食べ進める。カウンターにずらっと並ぶ俺たちを見ながらふたばちゃんはニコニコと笑っている。

「実はね、あたし、お外でご飯食べるのはじめてだったんだ」

「はじめてだと？　嬢ちゃんはいつもなにを食べているんだ」

それはクマヨシの純粋な疑問だった。

「えっとね――」

そこからはじまったふたばちゃんの凄惨な食生活に全員の手が止まった。

俺は言葉を失い、天狐コンビは青ざめ、三海は固まり、九十九さんとカガミは持っていた割り箸を折った。鬼熊兄弟は俯きわなわなと震えている。

「嬢ちゃん、好物をいえ！　好きなだけ、なんでも食べさせてやる！」「やるぞ、兄者！」

鬼熊兄弟の料理魂に火をつけてしまったらしい。

「どうするんすか、コレ……」

「みんなで食べるしかないでしょう」

定食だけでも胸いっぱいだというのに、続々と料理が並んでいく。全員で食べても一週間は過ごせそうなお土産を貰い、俺たちは店を後にしたのだった。

＊　＊　＊

「ふたば。明日、現世に帰ることが決まったよ」

夕方、屋敷に帰ってすぐのこと。出迎えてくれた戸塚さんがそういった。

あんなに楽しそうにしていたふたばちゃんの笑顔が凍り付いていく。

「いやだ！　おうちに帰りたくない！」

「安心しろ。家には帰らない。都内に然るべき養護施設を見つけた。信頼の置ける場所だ。君と同じ境遇の子も多くいる。そこでは君を脅かす人は絶対にいない」

「やだっ！　やだやだやだっ！　あたし、ここに住みたい！　ずっとこっちにいる！」

涙を滲ませながらふたばちゃんは何度も首を横に振る。

それでも戸塚さんは心を鬼にして、彼女と目を合わせて話す。

「それはできない。人間の子は幽世には住めないんだよ」

「でもお兄ちゃんたちはここに住んでるじゃん！」

勢いよく振り向いて、ふたばちゃんは俺たちを手で示す。

「それは特別な事情があるからだよ。ほら、僕たち一応お仕事でここにいるんだし」

「なら、あたしもここでお仕事する！」

さりげなく九十九さんがフォローをいれるも、彼女は一歩も引かない。

「俺らの仕事は危ないことが多いんだ。ふたばちゃんには危険すぎる」

「でも、あたしだって役に立てたよ！　クマさんたち仲直りさせられたもん！　できることならなんでもするからっ！　ねえお願い！　仲間にしてよ！　いやぁ……怖いよぉ……帰りたくないよぉ……」

とうとうふたばちゃんは泣き出してしまった。

彼女の体の痣、そして食堂で聞いた話。ふたばちゃんが現世に帰ることを怯える気持ちは痛いほどわかる。

「稔、どうするつもり?」

しろがねが視線を送ると戸塚さんは困り顔でため息をついた。

「カガミ、一度俺たちだけで話すからふたばを連れて外に行っていてくれないか?」

「わかった。行こう、ふたば。外で私と一緒に遊んでいよう」

「絶対、絶対帰らないからっ!」

カガミがふたばちゃんを外に連れ出す。残ったのは特務課メンバーだ。

「どうするのよ稔。下手に外に連れ出したから余計興味を持っちゃったんじゃない?」

ヒバナさんにいわれ、戸塚さんは頷きながらふたばちゃんが出ていったほうを見る。

「神崎ふたばの記憶を消す」

「え?」

間抜けな声が出た。他のみんなも一瞬ぎょっとして、そして悟ったように視線を落とした。

「残念だが、彼女の記憶は消さなければいけない。幽世のことは国家機密だからな」

「……最初からそのつもりだったんですか」

戸塚さんを睨むと、彼は平然と頷いた。

「なら、なんで幽世を見せたんですか」

「こんなところに引きこもっているよりも、賑やかな外にいたほうが本人も楽しかっただろう。有意義な一日になったはずだ」

「だとしても、逆にふたばちゃんを傷付けることになる！　記憶が消えるなんて彼女が知ったら……」

「どちらにせよ、苦しむ記憶すら消える。そういう決まりなんだ。頼んだぞ、白銀」

指名された白銀は、今ここでいう？　と呆れた顔をして手をあげた。

「しろがね、お前も知ってたのかよ」

「まぁ……忘却術はボクの得意技だからね」

「今夜、神崎ふたばが眠ったら記憶を消す。そして寝ている間に施設へ送り届ける」

ふたばちゃんの意見を無視して淡々と今後の話が進められていく。

「でも……」

俺は納得がいかなかった。あんなに笑っていたふたばちゃんの記憶を消すだなんて。

林檎飴を貰ったことも、鬼熊兄弟を仲直りさせたことも、そして生まれて初めての外食だって……全ての記憶がなくなってしまう。

「酷なことだと思っている。だが、彼女は人の世界で生きるべきだ。ここで過ごしたところで、今以上に人間と関われなくなっていく。道を選ぶのは今じゃなくていい」

「見える人間が見えない人間と生きていくのが辛いのも……僕はよくわかるけどね」

九十九さんが戸塚さんに反発したのを初めて見た。

みんな、静まり返り誰もなにもいわなかった。

どちらの言い分も正しい。確かにふたばちゃんが幽世に残るというのは無謀な話だ。だからといって、俺たちがふたばちゃんの面倒をみるには責任が重すぎる。

二度と来られない幽世での記憶を抱えて生きるなら、全て忘れて現世で平和に暮らしたほうがふたばちゃんの幸せになるのかもしれない。

「これ以上、意見がなければそのように実行す――」

「いやだっ！」

話がまとまりかけたとき、ふたばちゃんの声と同時に勢いよく扉が開いた。

「絶対やだ！　あたしみんなのこと忘れたくない！」

「……すまない。ここにいると、聞かなくて」

「大人は子供がなんにもわかってないと思っていつもコソコソ話すんだもん！　全部、全部知ってるんだから！」

申し訳なさそうなカガミ。どうやら今までの会話を全部聞かれていたらしい。

俺たち以上にふたばちゃんは何枚も上手だったようだ。

「お兄ちゃんたちが駄目なら、カガミと一緒にいる！　ねえ、いいでしょう！」

「……ふたば」

「カガミの子供になりたい」

その言葉にカガミははっと目を見開いた。辛そうな表情で屈み、目を合わせる。

「駄目。私はふたばと一緒にいられない」

「どうして？　カガミ、一人で寂しいんでしょう？　あたしのこと、死んじゃった子だと思っていいから。だから、一緒に――」

「ふざけないで」

それは冷たい声だった。

「余計なお世話よ。私は好きで一人でいるの。それに、貴女は私の娘じゃない」

突き放すような言葉だった。ふたばちゃんは動揺し、一歩二歩と後ずさる。

「どうして……カガミもあたしのこと、嫌いなの？」

カガミははっとして、あわててふたばちゃんに手を伸ばす。

「ふたば。きちんと話をしよう。みんな貴女のことを思って――」

「嫌い、嫌い！　みんな大っ嫌い！　あたしの味方はカミサマしかいないんだ！」

カガミの言葉に耳を傾けず、ふたばちゃんは耳を塞ぎ、泣き叫びながら走り出した。

「ふたば！」

カガミが呼び止めるも虚しく、ふたばちゃんは屋敷を飛び出してしまった。

「僕、追いかけてくるよ！」

慌てて九十九さんがその後を追いかけた。

「カガミ、大丈夫か？」

「私は子が好きだ。でも、私の娘は一人しかいない。代わりなんて……いない。そう伝えたかっただけなの」

ふたばちゃんが立っていた場所を呆然と見つめ立ち尽くしているカガミ。

「カガミ。ふたばちゃんともう一度、きちんと話そう。俺たちもそうしたい」

俺には子供を失ったカガミの悲しみはわからない。でも、彼女がふたばちゃんを大事に思っていることはよくわかる。

一日だけだったけれど、ふたばちゃんを見守るカガミの目は母親のように優しかったから。

「……私はふたばに嫌われた。酷いことを言って……突き放してしまった」

「ふたばちゃんは生きてる。生きてさえいれば、何回喧嘩したって仲直りできる」

『行くぞ、カガミ。私たちが道を辿る』

千里眼を開けば、ふたばちゃんへ誘うように彼女の足跡が光って浮かび上がった。

視界は彼女を追いかける。壱番街の大通。背の高いあやかしたちの波を掻（か）きわけ、細い裏路地のほうへ進んでいく。

『あちらは不味いぞ！　壱番街とて裏道に入れば理性がないあやかしも多い。ヒトの子など真っ先に餌にされる！』

「くそっ！　急ごう、カガミ！」

急いで飛び出し、夜の帳（とばり）が降りた幽世の街を駆ける。

東京の中心地とはいえここは幽世。道は複雑に入り組んでいて一歩間違ったらすぐに迷ってしまう。ふたばちゃんは何度も角を曲がり、俺たちを撒（ま）こうと逃げている。

「随分、逃げ足の速い子だな！」

道筋はわかっているというのに中々追いつけない。まるで誰かが道案内をしているかのようにふたばちゃんは入り組んだ道を迷わず突き進んでいた。

「あ、見つけた！　真澄くんより先行くんじゃなかった！　見失っちゃったよ」

その途中でふたばちゃんを見失った九十九さんと合流した。

「ちょっと待った。この道、伍番街（ごばんがい）の方角ではないか？」

カガミの声でみんな立ち止まった。

壱番街の南にある現世でいうと中央区や江東区の真下に位置する伍番街。埋め立てによって作られたその街は、日の光があまり届かない。一日中薄暗く不気味な街は妖魔や悪い妖怪の溜まり場のようになっていた。

「伍番街のあやかしに攫われたりしたらまずいんじゃない……？」

九十九さんまでも笑みを引きつらせている。

『真澄！』

「わかってるって！」

こがねに急かされ、俺は改めてふたばちゃんの居場所を辿った。

俺たちが必死になると相手も必死に逃げる。子供の体力を舐めたら先にこっちがやられてしまう。押して駄目なら引いてみろ、だ。

「――今、壱番街の外れだ。足を止めて、呼吸を整えている」

「ようやく足を止めたか」

俺たちを撒けたと安心したのだろう。再び歩みだしたふたばちゃんの足取りはゆったりしていた。

「今だ、行こう！」

今なら逃げられる前に追いつける。

足跡を辿っていくと、薄暗い大通に抜けた。視界が開け、ふたばちゃんの姿が見える。

「ふたばちゃん……やっと追いついた」

『その先は危ない。戻ってくるんだ、ふたば』

そこは伍番街に続く、大きな橋の手前。下には大きな川が流れ、その四方はダムのようにコンクリートの壁でぐるりと囲まれている。

俺とこがねが手を差し伸べるが、ふたばちゃんは大きく首を振った。

「帰りたくない。ずっとここにいたい。みんなのこと忘れたくない」

「ふたばちゃん。君が幽世で暮らすのは危ないんだ。安全な現世で過ごすんだよ」

「安全じゃないもん！　施設に行ったって、お父さんとお母さんは迎えにくるもん！　それであたしを家に閉じ込めるんだ。変なものを見る気持ち悪いヤツだって、お前なんか生むんじゃなかったって叩くんだ。あたし、なんにも悪いことしてないのに！」

悲痛な叫びに胸が痛くなる。

千里眼で見るふたばちゃんの周囲は青と赤のモヤが取り巻いている。怒りと悲しみ。体の中に止めきれない感情が周囲に溢れだしていた。その小さな体で、どれだけの苦痛に耐えていたんだろう。

「ふたばちゃんの話も聞かないで、勝手に決めてごめん。でも、ふたばちゃんが二度と辛い思いをしないように戸塚さんが動いてくれているから。だから、もう一度みんなでちゃんと話そう？」

「信用できない！　大人は嘘つきだもん！　あたしが子供だからってテキトーなこと

をいって、笑ってごまかすんだ！　大っ嫌い、大っ嫌い！　みんな大っ嫌い！」

　静かな場所に、ふたばちゃんの叫び声が響き渡った。

　しんと静まり返り、彼女の荒い呼吸だけが聞こえている。

「オデヲ起コシタノハ誰ダ」

「え――」

　そのとき、ふたばちゃんの足元に巨大な手が伸びてきた。

『まずいぞ――』

　その黒い手は橋の下から現れた。地鳴りのような音を立て真っ黒な波がせり上がる。ヘドロ状のそれはよく見ると液体ではなく、あやかしだった。

　巨大な吊り橋が波打つほどに揺れる。なんともいえない生臭い悪臭と共に、ビルみたいに大きなあやかしが俺たちの前に姿を現した。

「……海坊主。何故お前がこんなところに」

「海坊主って……海にいるんじゃないの？」

　カガミが呟いた名前に九十九さんが顔を引きつらせる。

「ニンゲン海埋メタ。塵捨テテ汚シタ。オデ、住ム場所追ワレタ。ココ、オデノ家」

　真っ黒な頭にぎょろりとした目玉で俺たちを見下ろした。

　壱番街と伍番街を繋ぐ吊り橋の下には大きな隅田川が流れている。つまり海坊主はこの川をねぐらにしているということだ。

「この海坊主、妖魔なのか」

『いや……完全に堕ちてはいない、だが半々といったところだ』

嫌な緊迫感が流れる。海坊主は怯えているふたばちゃんを見てにんまりと笑う。

「ヒトノコ、美味ソウ。力溜メレバ、オデ、マタ海デ暮ラセルカモシレナイ」

『其方も名があるあやかしだろう。退け。無益な戦いはしたくない』

こがねが前に出れば海坊主は口を歪めた。

「ナゼ、オデタチガ地下ニ籠ラナケレバナラナイ。元々現世ハオデタチノ世界ダ。ニンゲン許セヌ。恨ミ忘レ、静カニ眠ッテイタノニ……ソノ眠リヲ妨ゲタ！」

寝ぼけていた者が覚醒していくように、海坊主が怒りに呑み込まれていく。

『……っ、くそ。駄目だったか』

海坊主は怒りにまかせ両手を振り上げ水面を揺らす。地震とともに意志を持ったヘドロ状の波が俺たちを呑み込もうと襲ってきた。

「逃げるぞ！」

慌ててふたばちゃんを抱き上げ、安全な高台に避難する。

「許サナイ……許サナイ……」

「これ、放っておいたら幽世がヘドロに呑み込まれるね」

「あのデカいのを鎮めるしかないってことっすか」

これだけ大きなあやかしが暴れてしまえば幽世だけではなく現世にも影響がでる。

『恐らく海坊主はふたばの怒りと悲しみに同調し、眠りから覚めた。そして今はその感情に呑まれ妖魔となりつつある――残念ながら戦うほかないだろう』

「四人でなんとかできるのか？」

「うーん、応援呼んでる暇ないし。やるしかないっしょ」

相手はビル一個分はある巨大なあやかしだ。一応千里眼を見てみるが、隙の糸なんて一切見えない。

「お兄ちゃん、上に向かって！」

すると突然ふたばちゃんが頭上を指さした。俺たちは丁度橋の周囲をぐるりと囲む巨大な螺旋(らせん)階段のような場所に立っていた。

見上げてみると階段はかなり上に続いている。下で戦うよりも水面から離れたほうが策があるかもしれない。でも、下手をすれば自分たちの逃げ道を失うことにもなる。

「信じて！　カミサマが上に行けって教えてくれたの！」

ふたばちゃんが聞いたという声は俺たちには届いていなかった。

だが彼女の表情は真剣そのもので、嘘をついているとは思えない。全員が顔を見合わせにやりと笑う。

「どっちみち下に逃げても無駄だし、行くしかないじゃん？」

「走るぞ！」

「逃ガサナイ――」

俺たちが階段を駆け上がると同時に咆吼する海坊主。呼び出されるようにヘドロの中から大量の妖魔が現れた。

『此奴、大量の妖魔を喰っていたのか！』

「自分の中に取り込んで使役してたってワケね！　そりゃあこれだけ汚れるはずだ！」

現れた妖魔を九十九さんは反射的に鉄パイプで殴り、階段の下へ落としていく。背後のヘドロはびちびちと生きているようで、波は凄い勢いで迫ってきていた。

「ここからどうするつもりだ！」

「わかんない！　どうにかするしかない！　でもまだなにも見えないんだよ！」

カガミに突っ込まれるが俺にも策は見えなかった。階段は必ず行き止まりがある。そこまできたらゲームオーバーだ。

「教えてくれたんだもん！　カミサマが、上に行けば大丈夫って、教えてくれたの」

ふたばちゃんは涙を流しながら俺にしがみつく。

今まで信じて貰えなかった、だからこそ信じて欲しいんだろう。

「大丈夫、信じてるよ。ふたばちゃん」

俺は力強く彼女を抱きしめ、背中におぶり階段を駆け上がる。

その時顔にぽつりと水滴が当たった。

「――雨だ」

雨が降り始めた。それもかなりの大雨が。

「ふっ……ふたばのカミサマとやらが味方してくれたようだな」

カガミがにやりと笑い足を止め、意気揚々と番傘を開いた。

丁度真下には海坊主の頭。有り難いことに的はデカい。上からなら容易に攻撃は当たりそうだ。

「特務課、其方たちも戦えるのであろう。私が先陣を切る。一気に仕留めるぞ」

「了解！」「はいよ！」

俺は拳を握り、九十九さんは鉄パイプを構える。

「喰ワセロオオオオオオッ」

「喚(わめ)くな海坊主。今、お前を水底に沈めてやろう」

凛とした声。大粒の雨が振り付ける中で番傘を手にカガミが立っている。指先を傘の外に出すと雨の滴が彼女の指先にぽたりと落ちた。

「――降り荒(すさ)べ、黒雨(こくう)」

手を振り下ろした瞬間、吹き付ける雨は鋭い針のように海坊主へ突き刺さる。雨に晒されている俺たちにもそれが降ってくるが、当たった瞬間に不思議と鋭い針はただの滴に変わる。

「射貫くは敵。恵みの雨は守るべき者は傷付けない。故に足止め程度にしかならないが——あとはお前たちに任せよう」

九十九さんと俺はにやりと笑う。

「弱点はアイツの両目です！　俺は左いくんで、九十九さんは右を！」

「りょーかいっ！」

二人で一斉に階段から飛び降り、海坊主のもとへ飛び込んでいく。

「死ネェエエエエエッ！」

どぷりと海坊主の口からヘドロの塊が吐き出される。

「あははっ、当たんないよぉ！」

九十九さんはそれを足場として乗り移り、距離を詰めていく。

「お前の妖力、有り難く頂くよ！」

俺はヘドロを腕で受け止めた。俺は身に受けた妖気を吸い取り、力に変えることができる。これはこがねではなく、俺自身の力だ。

力を込めた右の拳に海坊主の妖気を纏い渦巻かせいく。狙うは左目。すぐ隣にいる九十九さんと息をあわせ、同時に目へ攻撃を落とす。

「くらえええええっ！」

拳が目に当たった瞬間、水の中に飛び込んだような感覚があった。

気付くと俺たちは水中にいて、海坊主の姿は消えかけていた。

「……オ、ノレ」

水に溶けるように消えていく。残ったのは潰れた空き缶が一つ。深い水底に幾つもゴミが積み重なっているのが見えた。それはきっと人間たちが捨てた物。海坊主が呑み込み続けていたモノ。

(……ごめんな)

彼はきっと綺麗な場所で、静かに過ごしたかっただけだろう。大海原で暮らしていたはずの彼が、こんな狭くて汚い場所で眠っていたのだと思うと胸が痛くなった。

(次は、綺麗な場所で会おう)

俺の手に纏わりついていたヘドロを慈しむように握った。

汚いヘドロは海坊主の消滅と同時に消えた。底のゴミも消え、綺麗な水へと変わる。

『九十九、真澄生きてるか！』

「だいじょーぶ！」「生きてるよー」

水面に顔を出し二人で手を振った。

危機は去り、カガミとふたばちゃんが下りてくる。俺たちも陸に上がって合流した。

「ふたばちゃん、怪我はない？」

「ごめんなさい。あたしが、ワガママいったから……みんな危ない目にあった」

俯きながらふたばちゃんは肩を落としている。

「んー、でもふたばちゃんのお陰で助かったしプラマイゼロじゃない？」

こういうとき底抜けに明るい九十九さんがいてくれると助かる。へらへらと笑う彼にふたばちゃんが笑みを零した。

「ふたば、さっきはいいすぎた。ごめん」

カガミが身を屈めふたばちゃんと目をあわせる。

「ふたば、貴女を見ているとどうしても自分の娘を思い出す。私の娘はちょうど貴女と同じくらいの年に亡くなったの。だから、貴女と過ごした時間は娘に会えたようで楽しかった」

「……カガミがお母さんだったらいいのに」

「我が子は我が子。ふたばはふたばだ。代わりなんていないよ。どちらも私にとっては大切な人だから」

カガミは悲しく微笑みを浮かべながらふたばちゃんの頬を撫でる。

「この世界はこんな風に危険な場所なんだ。人間とあやかしでは価値観も、生きる時間も全てが違う。だから、ふたばは現世で過ごしたほうがいい」

「でも……」

最後まで聞きなさい、と母親のように少女を諭す。

「会えなくても、離れていても……たとえふたばが私たちのことを忘れてしまっても。私はふたばのことを思っているよ。貴女が幸せなら、私も幸せ。どうか、健やかに大きくなりなさい。大人になって、どうしてもまた私たちに会いたければ……その時は戸塚を頼るといい、きっと力になってくれるから」

「……本当に？　ずっと覚えていてくれる？」

「もちろんだよ。人間の一生はあっという間だ、だからふたばもすぐに大人になる」

カガミが微笑みながらふたばちゃんの頭を撫でると、嬉しそうに微笑んだ。

「約束してくれる？」

「ああ、指切りをしよう」

そして二人は指切りを交わした。

「屋敷に帰って、もう一度みんなでちゃんと話をしよう」

そうしてみんなで手を繋いで本部に戻った。カガミの一つの傘にみんなで身を寄せ合って、雨の歌を歌いながら。

「――無事だったか」

特務課の屋敷に帰ると、残っていた全員が玄関にいた。どうやらずっと待っていたのだろう。戸塚さんに至っては髪形が若干崩れている。そうとう心配していたみたいだ。

カガミに背中を押されたふたばちゃんがゆっくりと戸塚さんの前に立つ。

「あたし、現世に帰る」

「そうか……わかってくれてよかったよ」

「でも、一つだけお願いがあるの」

真剣な眼差しを戸塚さんは静かに見つめかえす。

「記憶を消すなら今ここでやって。寝てからバイバイなんて寂しすぎるから」

戸塚さんは虚をつかれたのか一瞬目を丸くした。しかし満足げに口元を緩めると、しろがねに目配せをした。

「わかったよ。ボクの出番だね」

しろがねがふたばちゃんの前に立ち、額に二本の指を当てた。

「今からおまじないをかけるね。大丈夫。痛くないから」

「……うん」

覚悟を決めるようにふたばちゃんは目を閉じた。

「忘却術開始――」

　呪文を呟くしろがね。この術が効いたらふたばちゃんはもう俺たちのことを忘れてしまうんだろう。少し寂しいけれど仕方がない。

「……本来幽世に来た人間は記憶を消さねばならない。幽世の存在は国家機密であり、それが表に出ると均衡が崩れるからだ」

　しろがねの指先が光る。その後ろで戸塚さんはじっとふたばちゃんを見つめていた。

「だが、神崎ふたばさん。君はほんの僅かな滞在期間で我々特務課の役に立ってくれた。二百年不仲だった鬼熊兄弟の仲を取り持ち、暴れる妖魔、海坊主を鎮めてくれた」

　ふたばちゃんの額にしろがねの巴紋（ともえもん）が光りながら浮かんだ。吸い込まれるように額の中に消えていくと、彼女は再び目を開けた。

「――あたし」

「ふたば……」

　ぼんやりとしているふたばちゃんを心配そうにカガミが見る。目があうと彼女は驚いたように首を傾げた。

「カガミ……？」

「私のことがわかるのか？」

ふたばちゃんの記憶は消えていなかった。

どういうことだと驚きながらみんなが戸塚さんに視線を送る。

「ただでさえ幽世公安局は人手が少ない。折角見つけた有能な人材を失いたくないんでね。特例だ」

目を瞬かせるふたばちゃん。戸塚さんはしゃがみ、目をあわせた。

「その忘却術が発動するには条件がある。もし、君が幽世の秘密を他人に打ち明けてしまったとき……術は発動し君はここに関する全ての記憶を失う」

「それって……」

「秘密を守り続ける限り、君はここでの出来事を覚えていられる。他の局員に何か聞かれても『忘れた』としらばっくれろ。秘密を守るということはとてつもなく難しいことだ。それが君にはできるかな？」

「任せて！　あたし、口だけは堅いの！」

したり顔で笑う戸塚さん。状況をゆっくり飲み込んだふたばちゃんは悪戯（いたずら）っ子の顔でにんまりと微笑んだ。

「時が経（た）ち、君が大人になったとき。もし、またここに戻ってきたいと思ったなら、戻ってくるといい。君を特務課に歓迎しよう」

「ありがとう、おじさん！」

「……おじさん」

戸塚さんはおじさんといわれてぴくりと眉を動かした。

「ふたばちゃんが来る頃には稔さん定年じゃない？」

「……俺はまだそんなに年じゃない」

「いいわねいいわね。新しい女の子。きっとふたばが成長したらとても美味しそうな子になるんでしょうね」

恍惚の表情を浮かべるヒバナさん。言葉の方向性が怪しいことに彼女は気付いているんだろうか。

「それじゃあ、行こうか。現世に行ったら不動という男に君を託す。大柄で見た目は怖いが……信用できる男だ」

「ふたばちゃん、元気でね」

そしてみんな別れを惜しむように一人ずつふたばちゃんと挨拶を交わしていく。

「……カガミ、元気でね。ありがとう」

「貴女も。健やかに」

最後にカガミとふたばちゃんはきつく抱きしめあった。お互いの温かさを、存在を刻みつけるように長い時間をかけて。そして笑顔で離れた。

「みんな、ありがとう！　またねっ！　クマさんたちにもよろしくねっ！」

さよならはいわなかった。ふたばちゃんは戸塚さんと手を繋いで屋敷を後にした。

ほんの僅かな間だったけれど、小さなメンバーが増えたみたいで楽しかった。

「いっちゃったね」

「はー、ガキんちょのお守りも終わりか！　せいせいする」

「三海さん、いない間とても心配していたくせに」

「そうそう。雨の中、『ふたばーっ！』ってかけだして」

「それは黙ってろって約束だろぉ!?」

百目鬼ちゃんとヒバナさんに痛いところを突かれ、三海は照れ隠しに怒る。

ふたばちゃんが消えた方をじっと見つめているカガミに声をかけた。

「カガミはこれからどうするんだ？」

「戸塚が帰ってきて、許可が出れば帰るよ。ふたばが戻るまでの観察だったからな」

『私たちの仲間になればよいのに。あれだけの力があれば即戦力だぞ』

ふわりとこがねがカガミの周りを漂う。

「いいねいいね、強い人が入るに越したことはない。この大きな幽世を四人で見回りするのも大変だったしさ。ウチはいつだって人手が少ないし」

こがねの案にのるようにしろがねも嬉々として カガミを見る。

「罪人の私が入れないだろう」

「気にすることたねえよ、ここは問題児の集まりだからな」

かかっと三海が笑うと全員が顔を見合わせた。

特務課は変わり者の集まり。たとえ相手が誰であろうと蔑んだり笑ったりする者はいない。

カガミはどことなく嬉しそうに微笑みながら、首を横に振った。

「気持ちだけありがたく受け取っておくよ。他人と群れるのは性に合わないんでね。でも……今回は礼をいおう。母親の真似事ができて、楽しかった」

カガミが俺たちに向けてはじめて微笑んだ。

「……そうだ、一つ気になったんだけど」

思い出したように九十九さんが空を見る。

「ふたばちゃんがいってた『カミサマ』って結局なんだったんだろうね」

俺たちを導いたカミサマの正体は結局わからなかった。

僅かな疑問を残しながらも、今日も一日が終わろうとしていた。

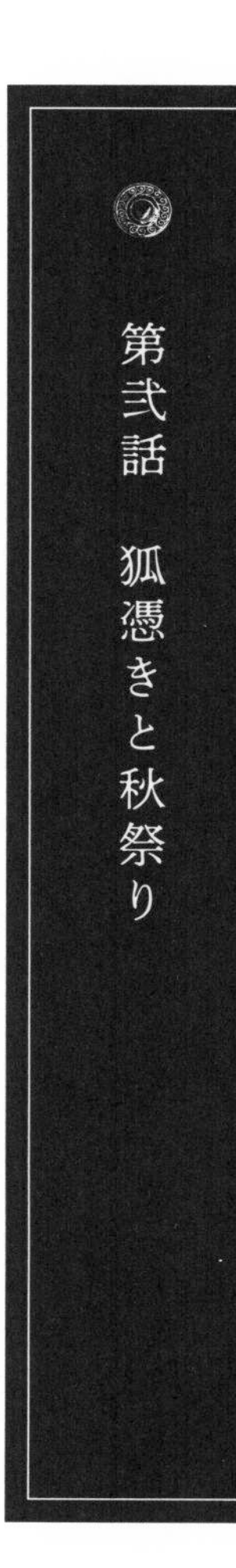

第弐話　狐憑きと秋祭り

今日は久々の休日だったのに。俺は現世(うつしよ)、東京幽世(かくりよ)公安局本部に呼び出されていた。

「半人半妖・西渕真澄(にしぶちますみ)——経過報告だ」

会議室におかれた長机。そこにずらりと並ぶは公安局のお偉いさん。向かい合うのは手枷(てかせ)をはめられた俺と上司の戸塚(とつか)さんの二人。

経過報告という名の圧迫面接。何度経験してもこの緊迫感には慣れない。

「あの……俺一応ここの局員なんですよ。いい加減手枷外してくれません？」

「西渕真澄。お前に発言権は認めていない。戸塚稔(みのる)特務課課長、早く報告を」

「西渕真澄に特段変化は見られません。天狐神黄金(てんこのかみこがね)との同調も相変わらずです」

「未(いま)だ憑依解除はできないのか」

「互いの融合が根深い故、無理矢理引き剝がせば互いの命に関わりましょう」

戸塚さんの受け答えは機械的だ。こがねも俺の中で狸(たぬき)寝入りを決め込んでいる。

二人とも、そして俺もこの人たちが本当に苦手なんだ。

「西渕真澄、千里眼はどうだ」

「どう……といわれても」

「天狐神黄金は千里眼で様々な事象を見通していた。貴様は使いこなせるようになったのか」

「元人間が千里眼を使いこなせるとあれば奇跡に等しい。もしお前がそれができるようになれば別の使い道も出てこよう」

相変わらずこの人たちは俺を人間として扱うつもりはないらしい。道具でも見るような無機質な眼差しが酷く不快だった。

眉を顰めながらちらりと隣に視線を送ると、戸塚さんと目があった。

まばたき二回。これは「誤魔化せ」のサインだ。

「……特に変わりはないですよ。人間だった時より多少視力が良くなった程度で」

俺が千里眼を使えることとは最低限秘匿しておこうと戸塚さんが決めた。

だから彼らは俺がこがねと絆を深め、千里眼の力が強まっていることを知らない。

「――先の土蜘蛛の一件。姿を隠した奴の居場所を突き止めた、と一課の不動から報告を受けているが」

その名前が出た瞬間、戸塚さんは小さく舌打ちをした。

数ヶ月前、隅田川の花火大会で妖魔に操られた人間が暴走する事件が起きた。俺はその犯人の居場所を突き止めるため、やむを得ず人前で千里眼を使ったことがあった。

突き刺さるお偉方の視線に俺は顔を引きつらせた。

「いやあ……あの時は無我夢中でよく覚えてないんすよ。ほら、現世も幽世も危なかったから、こが……天狐神黄金様が力を貸してくれたのかも……」

なんて苦し紛れな言い訳だろう。

しんと静まりかえる会議室。お偉いさんはなにやらこそこそ話しはじめた。

ああ、もう心臓が持たないからどうにかしてくれ。

「不本意だが、そのお陰で土蜘蛛に操られていた人間を救うことができたとも不動の報告書に記載してある。今後も精進し、我々公安局の役に立つように」

「——は、はい」

それがかなり遠回しに褒められていると気付いたのは、圧迫面接から解放され会議室から出た後だった。

「お疲れ、今日もよく頑張った。あとで甘い物でもご馳走しよう」

「……っす」

手枷を外され解放感が訪れると、どっと疲労感に襲われた。

「——戸塚稔！」

一難去ってまた一難。廊下の奥からヤケに通る大声が聞こえてきた。

ずかずかと大股でこちらに向かって歩いてくるのは本部一課の不動正宗(まさむね)部長。戸塚さんとは同期らしい。

「上層部に呼び出しを喰らっていたらしいな！　なにをやらかした！」

彼はかなり戸塚さんをライバル視しているようで、事あるごとに突っかかってくる。

「丁度良かった。不動に礼をいいたかった」

「……はあ？」

そんな目の敵にしている相手からの予想だにしない言葉に、不動さんは鳩が豆鉄砲を喰らったような顔をしている。

「不動さんの報告書のお陰で遠回しに褒められました。あざっす」

「なんだ二人して気持ちが悪い！　俺は事実を書いたまでだ！」

「君のそういう謹厳実直なところ、嫌いじゃないよ」

戸塚さんが微笑むと不動さんは明らかに体を身震いさせた。

敵意を向けているのは不動さんだけのようで、戸塚さんはそれに気付いているのかいないのか。まあそれが、不動さんの神経を逆撫でしているんだろうけど。

「それで、なにか用だったのか？」

「ああ……幽世に異常はないかと思ってな」

「お陰様でいつも通り、平和そのものだが……」

難しい顔をしている不動さんに俺たちは首を傾げた。すると、彼は俺と戸塚さんの肩を掴んで耳元に口を寄せる。

「気をつけろ。ここのところどうにもきな臭いんだ」

「どういうことだ」

「それが、こっちも平和すぎるんだよ。平和すぎて気持ちが悪いんだ」

確かにいわれてみれば最近、妖魔出没の出動回数が極端に減っていた。

最近緊急出動したといえば……弐番街の風雷神(ふうらいじん)兄弟の小競り合いだったり、商店街での喧嘩を収めたりする程度。

深夜は特に平和なもので、九十九(つくも)さんはつまらなそうにしているし。三海(みうみ)に関しては夜遅くまで女の子がいるお店に遊びに行っている始末だ。

「幽世もそろそろ祭りの時期だろ、気をつけろ」

「ああ。何かあったら情報をくれ、俺もすぐに伝えよう」

じゃあな、と不動さんは俺たちの背中をばんと力強く叩いて去って行った。

「平和すぎても確かに退屈だけど……いいことじゃないっすか？」

「俺たちの仕事は非日常が多い。平和な日常が続いていると不安になる……ということだろう」

戸塚さんは不動さんの背中を見送った。

「さあ、俺たちも行こう。君の休暇はまた後日に回す。駅前のスタベに付きあってくれないか」

「え、飲むんすか、フラペチーノ」

「今年もイチゴの新作が出たらしい。それと、差し入れも買って帰らないといけないから人手が必要なんだ」

「差し入れ？」

戸塚さんの眼鏡がきらりと輝く。

その後、店に直行した戸塚さんは真顔で注文呪文を詠唱し店員さんを驚かせていた。

＊　＊　＊

「おうおう！　遅いぞマスミ！」

「……なにやってんだお前」

幽世に帰ってきてすぐ、大きな木材を担いで歩く三海と遭遇した。

壱番街はいつも以上に賑やかで、通りに面する広場には巨大な櫓（やぐら）が組まれている。

「なにって祭りの準備に決まってるだろ」

「祭り？」

「おうよ、もうすぐ年に一度の秋祭りだぜ！」

どん、と角材を足元におき三海はこれでもかと誇らしげに胸を張った。

「さあ、子供たちテキパキ組んじゃうわよ！」

「ヒバナさん!?」

外では聞き慣れない声に驚いた。視線の先にいるのは紛れもないヒバナさん本人だ。いつも屋敷にいるはずの彼女は櫓の足元で子分の蜘蛛や他のあやかしたちに指示を出している。

「十月になると毎年幽世では年に一度の大きな秋祭りが開かれるんだ。ほら、これ差し入れだ。みんなで食べてくれ」

「やりぃ！　現世の食いもんあれば百人力だ」

戸塚さんは現世で買ってきた大量のドーナツを差し出す。

ここに来るまでも通りがかりの店に沢山の提灯が吊り下げられていた。幽世全体にどことなく浮かれた陽気が漂っていたのはこのせいだったのか。

「そんなに大きなお祭りなのか」

『うむ。当日の朝から丸一日のお祭り騒ぎだ。幽世のあやかしたちは皆このために生きているといっても過言ではないだろう』

ようやく姿を見せたこがねも楽しそうに笑っている。

長い時を生きるあやかしたちでもやっぱりお祭りというものは楽しみらしい。

「特務課もお祭りの手伝いをするんだな」

「オレと姐さんは屋台を出すぜ。戸塚の旦那が教えてくれた現世の……タコヤキ？　つうのが評判いいんだ」

「今年もじゃんじゃん稼ぐわよ、三海！」

ヒバナさんと三海は肩を組んでやる気満々だ。

「逆に僕たち人間組は忙しいよ～、一晩中見回りだから。覚悟してね、真澄くん」

ひょこりと現れたのは頭にタオルを巻いた九十九さん。

手伝いに駆り出されていたようで、三海の手からドーナツを漁っている。

「そんなに大変なんすか？」

「ああ。幽世が賑やかになると、現世と幽世の境界が曖昧になって、時々こっちに迷い込んでしまう人間がいるんだ」

戸塚さんが眉を寄せる。

「そうそう。子供とか特にね、ふとした瞬間に迷い込んじゃったりするんだよ」

「結界があるのに？」

「お祭りだからね。人間妖怪関係なく、楽しく盛り上がろうってなるんでしょう。神様たちの祝祭みたいなものだから」

折角だから三海の屋台を手伝ったり、色々見て回ろうと思ったけれどそれは難しそうだ。少し残念がっていると向こうからしろがねが手を振ってやってくる。

「あー、いたいた。百目鬼が帰ってきたの見たっていうから捜しにきたんだよ。真澄に用があったんだ」

「俺に？」

しろがねはにやりと笑って俺の肩に手を置く。

それを見たこがねは思い出したように手を叩き、しろがねと同じ顔で二人が並ぶ。

「なに企んでんだよ……気味悪いな」

『戸塚、真澄は私たちが借りるぞ？』

顔を寄せ合うしろがねとこがねの声が重なった。戸塚さんは驚きながらも一瞬考え込んで、納得したようにああ、と頷いた。

「そうか……そうだったな。わかった。許可しよう」

「え、え？　なんだよ……二人もなんか屋台とかやるのか？」

「舞だよ、舞」

「マイ？」

聞き慣れない言葉に俺は首を傾げる。

「踊りの『舞』だよ。ボクと黄金はこの祭りで奉納演舞をしているんだ」

『我ら高位の天狐神。数年ぶりに二人揃って奉納演舞を舞おうじゃないか』

こがねとしろがねは二人で手を合わせ妖美に笑った。

そっくりな二人だから舞を舞ったらそれはとても映えることだろう。

「へぇ……それは楽しみだな。俺も見にいかないと」

『バカモノ、なにをいっている』

「真澄も参加するんだよ」

「……は？」

ちょっと待て。コイツら今、なんていった。

『だから、其方も我らと一緒に奉納演舞の舞台に立つんだ』

「はあっ!?　なんで俺がそんなこと！」

反抗した瞬間、しろがねは眉間に皺を寄せびしっと俺を指さした。

「今、黄金は真澄の中にいる。許しがたいことだけど、君たちは今二人で一人。だから真澄も演舞に出なければいけないの！」

「だからってなんで俺が舞なんて！　踊りなんか習ったことないぞ!?」

「ボクが手取り足取り優しく教えてあげるから、がんばろうよ」

肩に手を当ててしろがねが微笑む顔が怖い。というか絶対嘘だ。だってお前性格捻くれてるもん。そもそも俺のこと嫌いだろ！

「……拒否権はないのか」

「どうしてもっていうなら今すぐ黄金と別れてよ」

「付き合ってるみたいないい方やめてくれねえかな!?」

「は？　黄金が真澄なんかと付き合うわけないじゃん。変ないいがかりやめてよ」

めっちゃ睨まれた。これだから黄金過激派は怖すぎるんだ。

「俺だって初めての幽世のお祭りだぞ。見て回りたいって……」

「大丈夫、本番はすぐ終わるよ。それ以外は普通に見回りしてくれて大丈夫だから！」

「俺の負担多過ぎだろ……」

「見回りしながら屋台のもの食べられるし、大丈夫大丈夫！」

九十九さんが背中を叩いて励ましてくれるけれど全然心がこもってない。むしろ楽しんでるだろこの人。

『ええい、ぶつくさ文句をいうな！　男なら腹を括れ！』

「ねー、稔からもなんかいってよ」

話を振られた戸塚さんは困惑しながらもちょいちょいと俺を手招きした。

「なんすか。戸塚さんまで二人の味方なんすか……」

「西渕。祭りが終わればボーナスが出る。演舞を完璧にこなせたら追加ボーナスだ。頑張れ。うちのボーナスは……立つぞ？」

俺の耳元で戸塚さんはにやりと笑う。ボーナス。最高の響きだ。

「頑張ります！」

俺は背筋を伸ばし頭を下げた。報酬があるならなんだってやってやろうじゃないか。

「それに、踊りというのは互いの呼吸が大事だ。黄金ともいい練習になるだろう」

『さらに千里眼を使いこなせるようになるかもしれないしな』

見世物として踊るのは癪だが、修行だと思えばなんとかなりそうだ。

「厳しくしごくからね、覚悟して」

そう怪しく笑うしろがねの笑顔を見て、俺はすぐに後悔することとなるのだった。

＊　＊　＊

「駄目！　ぜんっぜんなってない！」

翌日から中庭でしろがねのスパルタ稽古がはじまった。

手には神楽鈴。慣れない和服に袖を通し、しろがねに滅茶苦茶にしごかれていた。

「しかたねえだろ、舞なんてはじめてなんだよ！　つか、見ただけで覚えられるか！」

「ご大層な目があるんだからできるでしょ!?　宝の持ち腐れかっ！」

持ち手部分に五色の布がついた鈴。これをしゃんしゃんと小気味よく鳴らしながら踊るわけだが、それがまあ難しい。

　雅楽独特のゆったりとした間。常に中腰の姿勢。震える手足。戦闘より疲労が凄い。

「大体、こういうのって巫女さんがやるんだろ？　男の俺がやっていいのかよ」

「……なら、黄金を返して今すぐにっ！」

「だーっ！　もう俺が悪かった！　やります！　やりますからっ！」

　俺のセンスのなさにしろがねも相当ストレスが溜まっているようだ。首を絞めながらぐわんぐわんと揺らしてくる。

『落ち着け。離れられるのであれば、私たちだってとっくに離れておろうに』

「真澄だって大分力がついてきた。それに黄金だって妖力回復してきてるはずなのに……なんで離れられないいんだよ。真澄に奪われた妖力が戻るまでの憑依だったんじゃないの？」

『そう……だな……』

　呆れるしろがねの言葉にこがねは苦笑を浮かべる。

　死にかけた俺を助けるためにこがねはあやかしの血を分けてくれた。そうして俺は半妖になったわけだけど、その時にこがねの妖力を根こそぎ奪おうとしてしまった。

　俺と同様に命の危機に瀕していたこがねはやむを得ず、俺の体に憑依する形で自分も俺も救ったというワケだ。

「……というか俺からこがねが離れたらどうなるんだ？」

『私が離れたところで、血を分けてしまっているからな。真澄は半妖のままだ』

「人間に戻るってわけでもないんだな」

水を飲みながら空を見上げると、こがねは申し訳なさそうに俯いていた。

『……すまない』

「謝るなよ。俺はこっちの生活好きだし、向こうに帰れないってわけでもないしな」

『そういってくれてよかった』

「でも、こがねだって俺から離れて自由に動き回りたいだろう？　ずっと縛られてるようなもんだし」

『……そうだな』

「なぁに二人でいちゃいちゃしてるんだよ……」

ぎろりとしろがねに睨まれた。これはタダでさえキツイ稽古なのに、火に油を注いでしまったかもしれない。

「もう無理だ！　休憩！」

「こら、逃げるなっ！」

俺はしろがねの隙を見て屋敷の外へ飛び出した。

屋根を走り建物から建物へ飛び移りながら遠くへ逃げていく。

「一時間ぐらいで戻るから！」

『ふふ……真澄も仕方ないヤツだ』

呆れながらもこがねは俺を止めることなくついてきた。

いつもなら「さっさと戻れ」とか「このばかもの」とか怒りそうなのに。

『私も其方に染まってきたのかもしれないな』

「おーおー、悪そうな顔だこと」

『ふっ、其方ほどではないわ』

こがねに俺の心の中はお見通しだ。清廉潔白な天狐様が随分とあくどい顔をするようになったものだ。

二人で笑い、走りながら街を眺めた。本当にどこもかしこも祭りの準備に追われているようだ。

屋台を建てたり、お囃子(はやし)の練習をしたり。準備に勤(いそ)しむあやかしたちは楽しげだ。

妖魔も出ず、幽世は平和そのもの。

「あれ、真澄じゃねえか！」

壱番街を過ぎ、弐番街に差し掛かると見えてくるあの有名な大きな赤提灯の門構え。

浅草の真下に位置する弐番街も祭りの準備で賑わっていた。

こっちに向かって手を振るのは、この雷門の門番、風神雷神兄弟の雷光(らいこう)と伊吹(いぶき)だ。

「伊吹、雷光！　久しぶりだな！」

「どうした。妖魔は出ていないし、我々も喧嘩はしていないが……」

『奉納演舞の稽古から逃げてきただけだ』

はてなを浮かべる二人に事情を説明する。

俺がこがねの代わりに舞を踊るといえば雷光は腹を抱えて笑い転げた。

「お前がっ奉納演舞っ!?　あははっ！　そりゃあ傑作だ！　弐番街のあやかし引き連れて見にいってやらねえとなあ」

「やめろ……雷光。真澄だって……ふっ、頑張っているのだから」

門のすぐ近くにある飲み屋で昼間っから四人で酒を酌み交わしていた。

膝を叩いて大爆笑している雷光。弟の伊吹は慰めてくれているが、顔を背けて体を震わせながら全力で笑いを堪えている。その方が余計腹立ってくるんだけど。

目に涙を滲ませる雷光が注いでくれた酒を俺は腹いせにぐいっと飲み干した。

「つーかさ、奉納演舞って普通は神様のために舞うんだろ？　ここに神様いるのか？」

『違うよ。幽世の平穏無事を祈り、舞を捧げるんだ。偃月院の長や幹部も見にやってくる。とても重要なものなんだ』

偃月院の長老といえばあまりいい思い出がない。偃月院の本部の奥で顔を隠し、俺たちのことでほくそ笑んでいるいけ好かない人物だ。

「……え、あの山本って爺さんが？」

「口を慎め無礼者。我らあやかしの頭領だぞ。この世全てのあやかしを統べる長を爺さん呼ばわりなど」

「いてっ」

伊吹に思い切り額を小突かれた。

「幽世の大元は京都にあるんだろう？　長っていうなら、なんで東京にいるんだよ」

「あの人がどこにいてなにをしてるかは俺たちもしらねえよ。というかその名前もただの通称だ。その真名もその顔も本当に見たヤツなんて一人もいない」

「そんな凄い大妖怪なのか」

「まあ……昔はもう一人いたんだけどな」

「もう一人？」

途端に雷光の口が重くなった。小難しいからお前が続けてくれと伊吹に話を振る。

「……昔は京と江戸に分かれ、二人のあやかしが幽世を治めていた。一人は山本殿、もう一人はシンノと呼ばれるあやかしだ」

「その人は今どこにいるんだよ」

「……彼は姿をくらませた」

伊吹は悩ましげに首を横に振り、こがねに後をたくした。

『かつて、人とあやかしは共存していたと聞いたことはあるだろう』

「ああ、それくらいなら」

『あやかしも、人間を好く者と人間を嫌う者がいる。山本に関してはどちらとも取れぬが……シンノは確実に後者だった。あやかしの上に立ったと勘違いしている人間を憎み、滅ぼそうとし……彼は堕ちたんだ』

「まさか……」

『シンノは落月教(らくげつきょう)の長だよ』

思わず息をのんだ。

幽世であやかしを率いた長は、闇に堕ち、悪の道に進んだ妖魔を統べる長となった。

落月教――堕ちた妖魔を統べる裏組織。その幹部と呼ばれる妖魔たちは理性をもち、恐ろしいほど強力だ。これまで数名と戦ったことはあるが、あの強者(つわもの)たちを手なずけるなんてどれだけ恐ろしい人物なんだろう。

『百年程前か、シンノがくだらぬ賭けをはじめた。偃月院と落月教のどちらが幽世の長として相応(ふさわ)しいか、自分が人間を百人襲う前に止めてみよ、と』

「そんな戦いに現世を巻き込んだのか？」

『だが、山本も山本で人間を守るべき存在か試したのだ。自分たちに怯えることなく、骨がある面白い人間がいるのかと、陰陽師や退魔士と呼ばれる者たちと手合わせをして回っていたそうだ』

「いたのか、あのお眼鏡にかなった人間が」

『いた。退魔士でも陰陽師でもない非凡な少年が山本を打ち負かしたのだ。だから今の現世があり、幽世がある。山本は自身を打ち負かした人間を大層気に入った。そして山本は現世の危機を伝え、シンノから現世を守ると誓ったのだ。その言葉を耳にし、全国各地に散らばっていた退魔士などが妖魔を倒すために徒党を組んだ。それが公安局のはじまりだ』

「それでシンノはどうなったんだ」

『シンノは山本と直接戦った。そしてシンノは敗れ行方をくらませたと聞いている』

「今は落ち着いているが幽世も色々騒ぎがあったからな。落月教が復活する……なんて噂してるヤツもいるぜ」

途端に嫌な予感がして、俺は胸に手をあてた。

「……嵐の前の静けさかもしれん。現世も気をつけたほうがいい」

酒を飲みながら伊吹が零す。

「どうしてそう思う」

「僅かながら一度でも堕ちた身だ。闇の気配はなんとなく……わかる」

「伊吹……」

「案ずるな。現世に危機が迫れば、私はお前たちに力を貸すよ。もう堕ちることはない」

雷光と顔を見合わせ、伊吹は優しく微笑んだ。

「まーーすーーみーーっ！」

しろがねの声が聞こえてきたかと思えば、飲み屋の暖簾（のれん）ががばっと開いた。そこから怒りの形相のしろがねが俺を見下ろしている。

「逃げ出したかと思えば、こんなところでお酒なんか飲んで！　黄金もなに一緒にサボってるんだよ！」

『見回りもない。妖魔も出ていない。たまには骨休めも必要だろう』

「なんか真澄に毒されてない!?　ボクの知ってる黄金はどこ行っちゃったんだよ！」

『長い時を生きるあやかしとていずれは変わる。不変はないだろう』

こがねの呟きにしろがねは一瞬固まった。雷光たちも息を呑む。

こがねがどことなく悲しそうに見えたからだ。

「あー、わかったよ。帰ればいいんだろ？　今折角、伊吹たちから幽世のありがたーい歴史の授業を聞いてたのにさ」

場を和ませるように俺は態（わざ）とらしくため息をついて立ち上がった。

金を机上に置いて付き合ってくれた二人に礼をいう。

「天狐神白銀、一度妖魔に堕ちたよしみとして聞いておきたいことがある」

伊吹がじっとしろがねを見た。

「なに……急に改まって」

「お前は妖魔となっている間、なにを考えていた」

見透かすような伊吹の瞳にしろがねは狼狽え、視線を泳がせた。

「……あまりよく覚えてない。ただ、黄金や真澄が憎くてたまらなかった。あとは……そうだな、誰かがボクを呼ぶ声が聞こえていた気がする。まるでその声に従うように突き動かされているみたいな……不思議な感覚がしてた」

「それが答えだ、西渕真澄」

そういって伊吹は俺を見上げる。

「負の感情に巣喰う者がいる。そして堕ちた者は感情に呑まれ、そしてなにかに突き動かされるのだ。理性をなくした妖魔の殆どがそうだろうよ」

そして伊吹は俺を指さした。冷たい青い瞳と視線が重なる。

「気をつけろ、西渕真澄。天狐を身に宿した半妖の少年。この世界で貴様は異質な存在なんだ。貴様が思っている以上に……な」

「ああ……覚えておくよ」

吹き付ける風が冷たくなってきた。

この平和な日常を、俺ははじめて怖いなんて思ってしまった。

＊　＊　＊

そうして時は流れ、秋祭り当日。

秋の夜長。朝から幽世中は大騒ぎだったが、日が暮れ始めると更に賑わいが増す。道沿いにずらりとぶら下がった街灯代わりの赤提灯に灯(あか)りが灯(とも)ると、幻想的な街並みの色に変わりだす。

「よくもまあ、朝からずーっと騒いでいられるな」

『あやかしたちの体力は底なし。皆、祭りが大好きだからな』

提灯の灯りを遠くに見ながら俺は屋敷の縁側でぼーっとしていた。

表の賑やかさが嘘のようにここは静かだ。

「真澄さん。戸塚様がお呼びです」

振り返ると華やかな浴衣に着替えた百目鬼ちゃんが立っていた。可愛らしい大きな花の髪飾りをつけて、どことなく浮かれているように見える。

「わかった。百目鬼ちゃんは今からお祭り？」

「はい。戸塚様が今夜くらいは羽を伸ばすように、と気遣ってくださって。白銀様と一緒に行ってきます」

『良いではないか。その浴衣、似合っている。私たちの目に狂いはなかったな』

「当たり前でしょ。誰の弟子だと思ってるんだよ」

この浴衣はこがねとしろがねが買ったそうだ。照れくさそうに浴衣を見せる百目鬼ちゃんの姿を師匠コンビは嬉しそうに見つめている。

『では私たちは戸塚のもとへ向かおう。白銀、百目鬼を頼んだぞ』

「もちろん。それじゃあ、またあとで。真澄……逃げないでね」

「わかってますよ、先生」

しろがねの目線が怖い。あれから一週間みっちり舞の稽古を受けて、俺も多少はマシになったし腹も括ったっての。

「奉納演舞、楽しみにしてますね。それじゃあ行ってきます」

足取り軽い百目鬼ちゃんと最後までこっちを睨んでくるしろがねを見送って、俺たちも本部へ続く廊下を歩く。

「こがねだって見て回りたいだろうに、俺に付き合わせて悪いな」

『いいや。どうせ見回りに行けば祭りも見られるからな』

「でも、折角なんだからこがねだって浴衣着たいだろ？」

『はは……浴衣にはしゃぐほどの年でもない』

「俺は見たかったけどなあ。きっと可愛いんだろうなあ」

そういうとこがねがぴたりと足を止めた。顔を赤くして、口をぱくぱくさせている。

「なんだよ」

『そ、其方はたまに三海のようなことをいう』

「はあ？　なんでそうなるんだよ。浴衣なんかこういう時しか着られないんだから、テンション上がるしお祭りっぽいじゃんって話を――」

『紛らわしいことをいうな！　和服などいつでも着られるわ！　この人たらし！』

こがねは勝手に怒ってずんずんと先に進んでいく。

彼女の態度に首を傾げながら本部に入ると、いつも通り仕事をしている戸塚さんと寝転んで漫画を読んでいる九十九さんがいた。

「百目鬼ちゃんに呼ばれたんですが、なにかありましたか？」

「ああ……百目鬼も祭りに出掛けたか」

「はい。それはとても楽しそうに。浴衣、とっても可愛かったですよ」

それはよかった、と戸塚さんは口元を緩めた。なんだかお父さんみたいだ。

「いーなあ！　ねえ、稔さぁん。僕もお祭り見て回りたいですよー」

「はいはい。どのみち見回りするんだから、仕事に支障がない程度に楽しめ」

「じゃあじゃあ、お小遣いくださいよ――いでっ！」

目を輝かして子供みたいに強請る九十九さんの額に戸塚さんはデコピンを一発喰らわせた。やっぱりお父さんだ。

「――さて。前々から話しているが、これから二人には幽世の見回りを頼みたい。日が暮れ始めると現世から人間が迷い込みやすくなるからな」

「もし人を見つけたらどうすればいいんですか？」

「今日に限り現世の公安局から応援が来ている。各員、あちこち見回りしているから、彼らに身柄を渡してくれ。そうすれば担当が保護した人間を現世へ送り届ける手はずになっている」

「え……そんなに人が迷い込みやすいんですか？」

まさか現世から応援が来るほどとは驚いた。

「これだけ幽世が賑やかだと、ちょっと力がある人だと呼ばれてるって勘違いしちゃうんだよ。日が暮れてくると陰の力も強くなってくるしね……普段は幽世の入り口じゃないところでも簡単に繋がっちゃうわけ。例えば……ほら、神社の鳥居とかね」

「今日は現世でも祭りが開かれているところがあるようだ。現世も幽世も賑わっているとなると殊更確率は上がる」

先輩二人の説明に俺はぽかんと口を開けながら相づちを打つことしかできない。

「……とまあ、色々脅かしはしたが緊急事態を除けば見回り中好きに祭りを楽しんで構わない。ただし、ハメは外しすぎないように」

「えー……僕そんなに信用ないですか？　そんな心配しなくても仕事はちゃんとしますって」

　念押しするように戸塚さんは九十九さんを見る。

「それと、西渕」

「はい」

「君が奉納演舞に出るタイミングで、見回りを交替する。余裕があれば九十九と二人で見にいこう。楽しみにしているよ」

「……うっ。授業参観みたいで余計緊張するんすけど」

　ああ、嫌なことを思い出してしまった。ぎゅうっと緊張で心臓が痛くなってくる。演舞がはじまるのは今から三時間後。それまでは一応自由時間だ。今まで練習は積んできたけれど、あと数時間後には舞台に上がっていると思うだけで吐きそうだ。

「緊張しても仕方ないじゃん。なるようになるって。ほらほら、本番まで気晴らしにいこう。カッコイイ先輩が色々奢ってあげるからさ」

「他人事だからって楽しんでませんか!?」

　九十九さんが笑顔で俺の肩を抱いて外に向かう。

ニコニコしながら画面を見せつけてくるけれど、この人絶対録画して後から楽しむつもりだ。絶対三海と一緒に腹抱えて笑われるに違いない。

「西渕」

部屋から出る寸前。また戸塚さんに止められた。

「祭りが終わったら、話がある。帰ってきたら俺の部屋に来てくれ」

「……告白っすか？」

「馬鹿か」

すっごい目で睨まれた。だってそんな神妙な面持ちで切り出されたら告白されると思うじゃないか。

「そんな冗談をいう余裕があるなら大丈夫そうだな。精々楽しむように」

「うっす」

一体なんの話だ？　気になるけれど、今は目の前のことに集中すべきだろう。

気が重くなりながらも門の外に一歩踏み出した瞬間、わっと街の音が大きくなり、いつもの数倍賑やかな幽世街の光景が広がった。

「すっげぇ……」

あちらこちらから聞こえるお囃子の音。賑わう大通。絢爛(けんらん)たる紙吹雪。こがねがいっていた通り、幽世中が祭り一色に染まっている。

現世の祭りも賑わうが、これは比べものにならない。

飲め喰え踊れ、浮かれたあやかしたちが年に一度の祝祭に大盛り上がりしていた。

「本当に幽世中がお祭り騒ぎになってるんですね」

「やっぱり賑やかでいいねぇ」

通りの殆どが出店や屋台で埋め尽くされ、賑わう人波の中をあやかしの子供たちが駆け抜けていく。お祭りの賑わいは現世も幽世もそうは変わらないらしい。

「……本当に公安局の人、来てるんですね」

その中にぽつりぽつりと紛れている黒服が見える。緊張した面持ちで歩いている公安局員たちだ。

『しかしあんなに緊張して歩いていたらどちらが迷子かわからないではないか』

「仕方ないだろう。きっとあの人たちも幽世に来るなんて滅多にないんだろうし」

通り過ぎる瞬間にどちらからともなく小さく敬礼した。彼らも二人一組で歩いているようだけれど、物珍しそうに周囲を見回している。

「おーい、相棒！」

すると背後から三海の声が飛んできた。

振り向くと頭にタオルを巻いた三海が屋台の中で手を振っていた。その隣にはヒバナさんも見える。

「三海、ヒバナさん。ここで屋台やってたんですか」

「おうよ！　戸塚の旦那直伝のタコヤキよ！」

「現世の食べものってだけでみんな興味津々だから飛ぶように売れるのよね」

目の前にずらりと並ぶのは現世の屋台の大定番たこ焼き。漂うソースと鰹節（かつおぶし）の匂いに食欲がそそられる。

「へぇ……美味そうだな。俺も一つもらおうか——」

な、と言いかけた瞬間全力で九十九さんに肩を掴まれ首を横に振られた。

「真澄くん、真澄くん。よく見て」

笑顔のままタコヤキを指さされる。それをよく見た俺は目を見開いた。

「……は？」

まあるいフォルムのかなり大きなタコヤキからなにかが出ていた。吸盤が付いている触手——多分タコっぽい足。焼かれているのに何故か蠢いている。

「な、なにこれ」

「ただのタコじゃ味気ねえっていわれてよ、ちょっとあやかし向けに改良したんだ」

「それに、具材もタコだけじゃつまらないでしょう？　色々なものを入れてみようと思って。なにが当たるかは食べてみてからのお楽しみよ！」

にこやかにそう告げる二人。なに、闇タコヤキか？

そっと屋台の中を覗いてみると、ちょっとここではいえないようなシロモノが置いてあった。映像なら確実に規制もの。アレンジの方向が斜め上過ぎるんだ。

「……それ、売れるのか？」

「失礼ね。売れるわよ。ほら」

ご満悦気味に笑うヒバナさんが指さした方向を見ると、そこには結構な行列ができている。ゲテモノタコヤキをあやかしは何食わぬ顔で買って美味しそうに食べていた。

『あやかしは珍味が好きだからな。人間には理解できない食文化もあろう』

「イモリとかは見慣れたはずだったけど……底しれないわ」

「来年は真澄くんが焼きそばの屋台とかだしなよ、絶対売れるから」

九十九さんが切実な面持ちで俺の肩を摑んだ。

「さ、二人とも遠慮せずお食べなさい」

「――ひっ」

ヒバナさんがにこやかに蠢くタコヤキを差し出して来る。

どうにかして離れる口実を探していたとき、遠くから男の子の泣き声が聞こえた。

「うわあああん！」

「真澄くん、早く行こう！」「じゃあ、三海、ヒバナさん頑張って！」

九十九さんと押し合うように我先に別れを告げて声のもとへと急ぐ。

そこには、膝から血を流して泣いている小学生らしき年の男の子がいた。

「おやおや、血を流して可哀想に」

血の匂いに誘われるようにあやかしが舌なめずりをしながら子供に近づいているではないか。すかさず九十九さんがそのあやかしの肩を摑んだ。

「……この子は人間だ。僕らに任せてもらってもいい？」

「ひっ……す、すみません、間違えました……」

凄い形相、凄まじい力で摑まれたあやかしはすぐに怯んでその場から逃げていく。

俺はしゃがんで泣いている子と目をあわせた。

「ボク、どうしたの？」

「お父さんとはぐれちゃったんだ！　楽しそうな声が聞こえてね、お祭りやってるのかなって目を離したら……」

「迷子になっちゃったわけか」

少年が頷いた。

戸塚さんや九十九さんがいっていた通りのことが起きた。まさかこんなに簡単に幽世に迷子が現れるだなんて。

「ねえ、ここお化けいっぱいいる……怖いよ」

「大丈夫だよ。一緒にお父さんのところにいこう。肩車してあげるからさ！」

よいしょ、と九十九さんは男の子を肩車した。

「わあっ、たかい！」

泣いていた男の子は安心したのか、綺麗な光景に目を輝かせている。

暫く大通を歩いていると、九十九さんは急に道を曲がり裏路地に入った。

「……あれ」

先に進むと、そこにはいつもないはずの赤い鳥居がぽつんと立っていた。鳥居のむこうは壁ですぐ行き止まりになっている。すると九十九さんは男の子を下ろして、鳥居を指さした。

「いいかい。この鳥居を潜るんだ。そしたら絶対に振り返っちゃいけないよ。暫く歩いたら僕らと同じ服を着た人がいるから、迷子になったって話しかけて。そしたらその人たちがお父さんのところに連れて行ってくれるからね」

「お兄ちゃんたちは一緒に来ないの？」

「お兄ちゃんたちはお仕事があるからいけないんだ。君は強いから大丈夫。ほら、おまじないかけてあげるよ」

不安げに眉尻を下げる男の子。九十九さんは怪我している膝に絆創膏をはると、持っていた油性ペンで可愛い犬の顔をかいた。

「無事に帰れるおまじない。もう、迷子にならないようにね」

「ありがとう、お兄ちゃん」

男の子は笑って手を振ると、鳥居を潜った。その瞬間、少年の姿が消え暫くするとその鳥居自体も蜃気楼のように姿を消した。

「消えた……」

『こんな風にいつもはない場所に幽世と現世に繫がる道ができてしまうわけだ』

「そ。だから迷子を見つけたらこんな感じで助けてあげればいいよ。大事にならなくてよかった」

見回りを続けようか、と九十九さんは笑って再び大通に向かう。

あっという間に迷子を元の世界に送り届けてしまった。なんとなく拍子抜けだ。

「そういえば、九十九さんって子供の相手上手ですよね」

ふたばちゃんと接していたときから薄々感じていたことだけど、九十九さんは子供に対する態度が手慣れているように見えた。

「んー……まあね。妹いたし」

「は？」

衝撃の告白に思わず足を止めた。

「九十九さん……妹いたんすか!?」

「そんなに驚く？」

「てっきり一人っ子かと……でも、現世に帰ってるとことかあまり見ないんすけど、連絡とかとりあってるんですか？」

「……もういないよ。だいぶ前に死んじゃったんだ」

あまりにもいつも通りの口調でいうものだから、理解が遅れた。

「す、すみませ――」「謝らないでよ。真澄くんは悪くない」

九十九さんは笑顔だったけど、いつもと違う。恨みや殺意が滲んでいるような恐ろしい顔だ。そして、次の瞬間その笑みは消えた。

「妹は妖魔に殺されたんだよ」

今まで聞いたことのない九十九さんの低い声。

感情が消えかけた冷たい瞳と視線が重なった。

その瞬間、千里眼を通して九十九さんの記憶が流れ込んでくる。

だめだ。見ちゃいけない。そんな俺の意思に反してあまりにも残酷なモノを目に焼き付けることとなる。

＊　＊　＊

「――恭(きょう)ちゃん。一緒に遊ぼ？」

幼い女の子に見上げられている。


恭ちゃん——ああ、これはきっと九十九さんの記憶だ。

俺は九十九さんの視点で彼の記憶を覗いているらしい。

視覚が、感情が九十九さんのものと交ざりあって、俺の意識が溶けていく。


十歳下の妹はいつも遊んでくれとせがんできた。

「俺と遊んでも楽しくないだろ」

「楽しいよ。だって、恭ちゃん優しいもん」

母と再婚した男との間にできた妹だ。当時かなり荒んでいた俺に妹は懐いてきた。いつもにこにこ笑いながら、彼女は絵本を読んでほしいと近づいてくる。仕方なく本を開くと、妹は嬉しそうに膝の上に乗ってきた。

王子様が出てくる子供向けの甘ったるい童話だ。

「美沙（みさ）は王子様が好きなのか」

「うん、好き！　恭ちゃんがミサの王子様だったらいいのに！」

「やめろよ。俺は王子様って柄じゃない」

「そんなことないよー。だって恭ちゃんカッコイイし、髪長くてさらさらだし。王子様みたいな金色の髪とか似合いそう！」

妹の中では王子様はみんな金色の髪をしているらしい。

俺の黒髪を弄り、ツインテールやポニーテールにして遊んでいた。

「でもね、恭ちゃんが王子様になるにはちょーっと足りないことがあるの！」

「はあ？」

「それ！　その言葉遣い！　王子様はみんな優しいしゃべり方をするの。それに自分のこと〝俺〟じゃなくて〝僕〟とか〝私〟っていうんだよ！」

それをなおせば百点満点！　と妹はびしっと指をさしてきた。

「だから……俺は王子様になる気はないっつーの。大体、僕って……弱そうだろ」

「いいのっ！　恭ちゃんはミサの王子様になるんだもん！」

誇らしげに胸を張る妹。日だまりみたいな彼女と触れ合っていると、荒んだ心が洗われる気がした。

ロクでもない不良の自分でも、妹の前では良き兄でいようと思えた。

彼女がこんなに俺に懐いてくるのには理由があった。それは俺たちの共通点。

母親から受け継いだ霊感。俺たち親子は、常人には見えない存在が見えていた。

「恭ちゃん、怖いよ……」

「大丈夫。俺が一緒にいるからな」

俺はとっくに慣れていたが、妹はそれを見る度に怯えて縮った。深夜。ソレらはいつも寝室の隅に立ち俺たちを見下ろしている。殴っても消えないヤツから妹を守るため、俺はいつも傍にいた。

いつも二人で支え合っていた。でも、父親は俺たちを理解できなかった。

「おい、どうした……その顔」

ある夜、バイト先から帰ると玄関の前で妹は泣きながら座っていた。

慌てて駆け寄るとその頬は真っ赤に腫れている。

「怖いのがいるっていったら、パパに嘘つくなって怒られた」

「──っ」

俺は頭に血が上り、乱暴に家に上がり込んだ。

「テメェ、美沙に手ェあげやがったな!?」

リビングでは父親が一人で酒を飲んでいた。俺たちと目をあわせようとしない。そこから見えるベランダには妹がいった通り、青白い顔をした化け物が立っていた。

「次、妹に手ェあげたら容赦しねえぞ！」

父親の胸ぐらを掴みあげた。男はこちらを見向きもせず、冷たく吐き捨てる。

「ここは俺の家だ。不満があるなら出ていけ、あの女と同じように」

その言葉に思わず手の力が緩んだ。俺が立ちつくしている隙に男は家を出て行ってしまった。

俺たちと同じものが見えていた母親は数ヶ月前に姿を消した。同じように父親から暴力を振るわれ、精神を病み、俺たちを置いて家を出ていったんだ。

「ちくしょう……」

「──恭ちゃん」

不安げに妹は俺の服の裾を掴む。どれだけ強がっても無力な自分に嫌気がさした。

「なあ、美沙。俺が学校卒業したら、兄ちゃんと一緒に来ないか？　アイツと離れて、二人で暮らすんだ」

妹と目をあわせそう諭す。

学生の身分では家も借りられない。高校を卒業して、就職先を見つけ、家を出て妹と二人で暮らそう。死ぬ気で働けば、彼女一人なんとか育てていけるはずだ。そのために必死でバイトをして貯金をしていた。

「うん。恭ちゃんと一緒にいたい。恭ちゃんと二人で暮らすの楽しそう！」

「……兄ちゃんが、守るから」

腕の中に飛び込んでくる妹を強く抱きしめた。

温かくて太陽みたいな匂いがする彼女を死んでも守ろうと誓った。

あのクソ親父から解放されるまで、あと半年の辛抱だ。

だから俺は必死に働いた。家庭の事情を知るバイト先の店長も協力してくれて、そのまま就職が決まっていた。そして彼が保証人になって卒業後住む場所も確保できたのだ。

卒業式を終え、高校生の身分が消えるまであと一週間に差し掛かった。引っ越しの準備も大体終え、後は心機一転新生活を待つだけ——のはずだった。

「恭助(きょうすけ)、本当にいいのか？」

「ああ。バイト先は髪色自由だし、練習台に思い切ってやってくれよ」

バイト前、美容師の専門学校に入学が決まった友人に詰め寄った。髪染めを差し出すと、悪友はノリノリで髪を染めてくれた。

「にしてもなんで急に金髪なんだよ」

「俺は王子様になるんだよ」

「はあ？」

黒髪を金色に染める。俺は妹が望む王子様になるつもりだった。

この髪を見たら妹はどんな反応をするのだろうか。喜んでくれるだろうか。

その後、唖然(あぜん)としている店長には気にも留めず、上機嫌で閉店後の締め作業まできっちり働いた俺は嬉々として家路についた。

もう妹は寝ているはずだ。朝起きたらびっくりするだろうと頬が緩んだ。

「――は？」

玄関の前に立って違和感を覚えた。家の鍵が開いていたのだ。

僅かに開いたすき間から明らかにやばい気配がした。慌てて扉を開けると、家の中は真っ暗で血なまぐささが充満していた。

「……っ、美沙！」

名前を呼ぶが返事はない。

リビング前の廊下。右手にある妹の部屋に入ったが、そこはもぬけの殻だった。

「美沙、おい美沙どこだ。兄ちゃんだ。返事をしてくれ」

また恐ろしいものを見たのか。それともクソ親父に暴力を振るわれたのだろうか。

部屋の中をくまなく捜すが、布団の中にも押し入れの中にも妹の姿がない。

焦りを覚えた。

心臓が高鳴り、全身から嫌な汗がじわりと滲んでくる。

その時、リビングで大きな音がした。ごとんとなにかが倒れるような鈍い音だ。

もしかして強盗か？　俺は玄関にあるクソ親父のゴルフクラブを手に、恐る恐るリビングへ向かった。

「――は」

扉を開けて固まった。

「恭ちゃ――」

妹と父がいた。

ただ、状況が異様だった。

巨大な毛むくじゃらの猿みたいな化け物が親父の前に立っている。

丸っこい図体とはちぐはぐな細長い骨張った手が掴んでいるのは妹の首。それは妹を高々と持ち上げ、腹の辺りに噛みついていた。むしゃむしゃと、嫌な音を立てて。

「おかえり。なかなか帰ってこないから待ちくたびれて、味見させてしまったよ」

自分の娘が化け物に喰われている目の前で、その男は笑っていた。

またぐしゃりと音が鳴った。それと同時に妹は悲鳴を上げる。頭が真っ白になった。

「なにしてんだよ、てめえ！　妹を離せえええええっ！」

ゴルフクラブを握りしめ、俺は化け物に突っ込んだ。

そんなことをしても意味なんかないのに。どうしてもヤツを殴らなければ――妹を助けるんだ。

「おや」

目の前で父親が驚いた顔をした。

めりっと嫌な音がする。振り下ろしたゴルフクラブは化け物の腕にめり込んでいた。

殴れた。攻撃が当たったんだ。

「ギ…ギィ」

化け物の手から妹が離れ、力なく地面に落ちる。

「よくも、美沙に手ェだしやがったな……」

ワケもわからず、がむしゃらにまた武器を振り下ろした。

一つ振り下ろす度に手に衝撃が走る。

「ギ…ギィッ……」

化け物は呻き声を上げながら崩れていく。形を失ってもなお、俺は気が済むまでそいつを殴り続けた。

「きょう……ちゃん」

か細い声で我に返った。

手元を見るとゴルフクラブは原形を止めないほどに曲がっていて、そこに化け物の姿はなくフローリングがへこんでいるだけだった。

「美沙！」

武器を投げ捨て妹を抱き上げた。

腹からは止めどなく血が流れていた。服が破れ明らかに肉が抉れている。

「待ってろ、今救急車――」

妹の手が俺の髪を撫でた。

「恭ちゃん……おうじさ、まみた……い」

暗い部屋の中でも目立つ金色の髪。それを見て妹はとても嬉しそうに微笑んでいた。

「きんいろ……きれい……。恭ちゃん、あのね――」

「あー……お涙頂戴のところ悪いけど、もう一人いるの忘れてない？」

妹の声をかき消すように耳障りな声が聞こえた。

とてもつまらなそうに耳をほじりながら俺たちを見下ろしているクソ親父だ。

「てめえ、よくも美沙を放って――」

ゴルフクラブを拾い上げ、思い切り振りかぶる。だがそれは男には届かなかった。

「……は？」

「うん。ただの人間よりやはり適性があるほうがいいな。無力な妹のほうが使いやすいと思ったけれど……君に決めた」

「なにワケわかんねえこといってんだジジイ！　酒飲みすぎておかしくなったか!?」

「力があるのはよいことだ。だが、うるさいのはかなわんな。話にならん」

口調が変わった瞬間、纏う空気が変わった。その瞬間腹に走る衝撃。

気がつくと俺は壁にめり込んでいた。

口から血を吐く。胸が痛い。もしかしたら肋骨がやられたかもしれない。

「てめえ……誰だ。クソ親父じゃねえな……」

「うん。頭も中々冴えるとみた。若く、生命力に溢れる肉体。実に好都合だ」

そいつは見た目こそ父親だが、父親ではなかった。

「聞け、ヒトの子。お前たちは基本的に無力だ。我々あやかしに対抗する力を持つ者は少ない」

男が手を叩くとその場に大量の化け物が現れた。一匹の化け物が妹を持ち上げる。

「おい、なにするつもりだ！　妹に近づくな！」

駆け寄ろうとしたが俺は別の化け物に壁に押さえつけられた。

「だが稀に、危機的状況の中で能力を開花させる者もいる。強い力を持ったヒトの子。私はその肉体を必要としているんだ」

にこにこと笑う男。そして彼が合図をすると化け物の腕が鋭い剣のように変わり、その切っ先を妹の首にあてる。

「やめろ！　やめてくれ！　たった一人の妹なんだ！」

必死にもがく。だが、化け物の力には敵わない。

「貴様にその資格があるか、見極めさせろ」

「やめろおおおおおおおおっ」

喉から血が出るほどに叫んだ。時間が止まったように周囲の動きがゆっくりになる。

「お、に……ちゃ」

薄らと目が開いた妹と目があった瞬間、俺の視界は真っ赤に染まった。

「――……っ、は」

自分の荒い呼吸が聞こえる。

まずは二つ。俺を押さえつけた化け物を殴った。そして次は妹のほうへ。

左腕に妹を抱えて片手で他の化け物を蹴散らしていく。胸ぐらを掴まれ窓を破り、思い切り外へと投げ飛ばされた。

夜の空気は澄んでいる。化け物の咆吼が聞こえる人間はいない。

「お兄ちゃんが、守ってやるから」

妹を傷付けるヤツは許さない。襲い来る化け物を倒していく。

さん、し、ご――じゅうを過ぎる頃には数えなくなった。

妹は絶対に守る。だって俺はお兄ちゃんなんだから。

骨が砕ける音、飛び散る血――ああ、なんて気持ちがいい。

「動くなっ！」

声が聞こえて我に返る。

手はじんじんと痺れていて、足元には化け物の残骸と血溜まり。そして人間が倒れている……は？　人間？

「落ち着け！　武器を捨てろ！」

黒いスーツを着た人間がぐるりと俺を取り囲んでいた。

「応援要請！　応援要請！　金髪の少年が妖魔に操られている！　負傷者多数！」

奥にいるスーツの男がなにやら電話で話している。

「……アイツは」

父親モドキの姿を捜すがどこにもいない。握っていたはずのゴルフクラブもいつの間にか使い物にならなくなっていた。

「どこ行きやがったクソ親父！」

「相手は錯乱している。気をつけろ」

武器を構えたスーツの人間がじりじりと近づいてくる。

「少女を解放しろ。落ち着け、落ち着くんだ」

十五人以上いる。こいつら俺を襲おうとしているのか？　いや、妹を――？

「妹に触るな！」

コイツらも敵だ。

だから足元に転がっていた鉄パイプを拾った。妹は誰にも触らせない。俺が守る。

武器を振るえば、ぐちゃりと骨が折れる音がする。また人間が倒れていく。

あれ、俺はなんのために。だれと戦っているんだっけ？

「――そこまでだ。全員退け」

その一言が空気を変えた。

倒れる人間。武器を構え戸惑う人間を掻き分け、一人の男が現れた。

眼鏡をかけた男だ。手には日本刀を持っている。

「戸塚課長、危険です。彼は妖魔に操られています!」

「問題ない。お前たちは負傷者の手当を。彼の相手は俺がしよう」

淡々と男は部下に命令し、そして俺を見据えて刀を抜いた。

「……妹は、俺が守る」

ぐったりした妹を抱きしめた。親はいない。たった一人きりの家族。

化け物を倒す力も手に入れた。なら、やることは一つだけだ。

『おいで。こちらへ堕ちてくるんだ』

誘うような声が頭の中に響く。目の前に立つ者は全て敵だと認識する。

「おまえら全員、ぶっ殺す……」

殺意を持って目の前の人間に襲いかかった。

全力で振りかぶった鉄パイプを男は刀で易々(やすやす)と受け止めた。

「大量の妖魔が発生したと応援要請が出たので来てみれば……君が全員倒したのか?」

「うるせぇ、アンタもあのバケモンの仲間か? だったらぶっ殺すだけだ」

力尽くで刀を押し、男の顔面目がけて鉄パイプを突き出した。しかしそれは頬を掠めただけで、致命傷には至らない。

「……俺に傷をつけた人間ははじめてだ」

頬の血を拭いながら男はにやりと笑った。

「アンタらのせいで美沙を危険な目に遭わせやがって……許さねぇ」

「君の気持ちはよくわかる。だが……仲間を痛めつけたことは許容できない。少し仕置きが必要だな」

「――は」

次の瞬間、俺は地面に倒されていた。眼鏡越しの冷たい瞳に見下ろされ、刀身が月に照らされキラリと輝く。それはそのまま腹部に思い切り振り下ろされた。

「……っ、ぐうっ」

「少しは目が覚めたか？」

「俺を殺すつもりか。いいぜ殺せよ！」

「威勢のよさ、その強さ……気に入った」

首筋に突きつけられた切っ先に突っ込んでいくように俺は頭をそらせた。

どうせ生きている意味もない。俺の生きがいはもう――。

すると男はそのまま俺の胸ぐらをつかみあげ、耳元でこうささやいた。

「そのまま動くな」

「——は？」

二つの声が重なった。俺と、もう一人。

「な、んで」

「課長!? 一体何を！」

周りがざわつく。眼鏡の男は傍にいた部下の腹部に深々と刀を突き刺していた。

刀を抜かれた男は腹を押さえ、血を流しながら一歩、二歩と下がる。

「……ど、うして」

「しらばっくれるな。貴様の正体はわかっている。なあ、シンノ？」

「……っ、気づいてたのか」

「彼の父親の次は、俺の部下か……そして、最後は彼の妹、いや……彼自身か？」

眼鏡の男は俺から手をはなし、口から血を流している部下をにらむ。

「覚えておけ、少年。奴が君の敵だ。こいつは君の家の周囲に結界を張り姿を隠していた。だから、到着が遅くなった。それに関してはなんと詫びてよいかわからない。君も、ここまでよくやった。後は、俺たちに任せろ」

「……っ！ 簡単にやられるわけないだろ！」

部下がそう叫んだ瞬間、周囲からどっと化け物たちが湧き上がってきた。

「うわあああっ！」

あまりにも突然のことに、同じスーツの部下たちも慌てふためく。眼鏡の男は面倒くさそうに舌打ちを一つして、刀を握った。

「総員、シンノに集中。手下は一分で片付ける」

男の視線の先には手負いの部下。いや、あれはきっと俺の父親に化けていたヤツだろう。

「……君は、妹さんの傍に」

「あ……」

俺を起き上がらせ、彼は妹を預けてきた。

腕の中でぐったりする妹の体は氷のように冷たくて、大きな瞳は半開きでなにも映さない。笑みを浮かべていた口はぽっかりと開いている。

ああ、そうだ。俺は妹を守るためにずっと――。

「美沙……」

戦いの喧騒の中、俺は妹を軽く揺すった。

「おい、寝たふりしなくて大丈夫だ。なぁ、美沙。怖いの、兄ちゃんが倒したよ」

妹は朝が弱いから。学校に遅刻しないように起こすのは俺の役目だった。

何度優しく揺すっても、妹の反応はない。

「絵本、何回だって読むから。美沙の好きなぬいぐるみだって沢山買うから……俺、一生懸命働いてお金稼いでんだぞ」

幾ら呼びかけても返事はない。だけどそれでも俺は妹を揺さぶった。

「兄ちゃんが幸せにするから。美沙の王子様になるから……なぁ、起きろ。起きてよ、美沙」

「妹さんを、眠らせてやれ」

いつの間にか戻ってきていた眼鏡の男は、開いたままの瞳を閉じてくれた。

彼は口元にたれた唾液や血を、持っていたハンカチできれいに拭う。

「残念ながら妹さんは亡くなった。失った命はもう、戻らない」

「なんで俺だけが……俺も、一緒に」

「だが、君は残ったんだ少年。死ぬはずだった運命を、自分で切り開いた。妹さんの分も生きろ」

顔を上げると、周囲は化け物に囲まれていた。ざっと三十以上はいるだろう。

それでも眼鏡の男は表情一つ変えず、まっすぐ前を見据えていた。

「妖魔。闇に堕ち、理性を失った哀れなあやかしたち。そしてそれらを従え、人間をもてあそぶ正体不明の化け物がシンノだ」

そして男はかけだした。

迫り来る化け物たちを次々と切っていく。やられそうな部下を守りながら、シンノという男がいた場所だけを目指して道を切り開いていく。

鬼神のような強さ。返り血もものともしない。

俺はそれを黙って見ていた。俺も彼のような力があれば、妹を守れていたんだろうか。

「――また会おう」

眼鏡の男が最後の化け物を切り捨てたと同時に、シンノの声が聞こえた。

その場に立っているのは眼鏡男だけ。返り血にぬれた刀を振るい、鞘(さや)に収めながらこちらに向かって歩いてくる。

「逃がしたか。全員無事か！」

倒れているスーツの人間たちがのそのそと起き上がる。そして彼は俺の前で足を止めた。

「俺の名は戸塚稔。現世と幽世の秩序を守る秘密組織、幽世公安局に属している。このまま普通に過ごしたいというのであれば、そのようにしよう。だがもし君が……」

「そこに入れば、そのシンノってヤツとまた会えるのか。妹の敵(かたき)をとれるのか」

矢継ぎ早な質問に男は黙って頷く。

「我々の組織はとても危険だ。それでも、ついてくる覚悟はあるか？」

「はっ……失うモノなんかなにもない。俺は、妹の敵をとる。アイツは絶対に許さねえ」

「なら、決まりだな。俺が直々に鍛えてやろう。君の名前はなんという」

そう尋ねられて、俺は横たわる妹を見た。

『お兄ちゃんは王子様みたいだね』

俺はお姫様に危機が迫ったら颯爽（さっそう）と現れる王子様にはなれなかった。でも、それでも妹は最後まで俺を王子様と呼んでくれた。

「俺は……僕は、九十九恭助だよ」

だったら僕は王子様になろう。

妹が憧れた大好きな王子様に。彼女のことを、この悔しさを決して忘れないように。

＊　＊　＊

「——人の記憶、覗き見しないでよ。えっち」

「す、みません」

悲しそうな九十九さんの笑顔が歪んで見えた。

気がつくと涙がぼろぼろ零れていたので慌てて拭う。

「なんで真澄くんが泣いてんのさ」

「九十九さんこそなんでいつも笑えてるんですか。あんなことがあったのに……」

「だって、王子様はいつもニコニコ笑ってるもんでしょ」

ああ、この人は妹さんが大好きな王子様になったんだ。

いつも笑顔で、優しくて、ちょっと恐い。金色の髪が眩しい、強い強い王子様に。

「妹さんを襲ったの……落月教の教祖ですよね。シンノ、とかっていう」

「なんだ。真澄くんも知ってたんだ。そう。僕はそいつを捜すためにここに入ったんだ。鍛錬して、強くなった。だから……次会ったときは必ず殺す」

九十九さんの笑顔が消えた。背筋が凍るような殺気を感じる。

特務課の人たちはそれぞれ事情を抱えている。

異端の俺を受け入れてくれた。そして俺もここで過ごす時間が長くなればなるほどに、みんなの役に立ちたいと思ってしまう。

「俺も協力します。必ず、妹さんの敵をとりましょう」

「はは、頼もしいね。でも、まずは稽古で僕に勝てるようにならなきゃだね」

「が……頑張ります」

「イイ後輩をもってセンパイは鼻が高いよ」

先に歩き出した九十九さんは振り返っていつものように笑った。

《九十九さん、真澄さん、ヒバナ様の屋台のほうへ来ていただけますか？》

突然、肩の上に小さな蜘蛛が現れ、言葉を発す。ヒバナさんが使役している蜘蛛たちの無線通信だ。

「どうかしたの？」

《それがまたヒトの子がこちらに迷い込んでしまって、こちらにいるのですが――》

どことなく百目鬼ちゃんの歯切れが悪い。

《とにかく来ていただければわかりますので。急いで来て下さい》

一方的に通話が終わると同時に、肩に乗っていた蜘蛛はふっと消えていった。

「そんなにヒトって迷い込んでくるんすね」

『メッキー、急いでたみたいだし……とにかく行ってみようか』

そうして先程の三海たちの屋台に向かう。

迷子たちはヒバナさんが傍にいれば、あやかしに襲われる心配はないだろう。

「また子供ですかね？」

「だろうねぇ。やっぱり幽世に迷い込むのは子供が多いよ。だから実質迷子センターみたいになってるんだけど」

なんて話していると三海の屋台が見えてきて、人影が五つ見えた。

そのうち三つは三海とヒバナさんと百目鬼ちゃん。こっちに向かって手を振っている。残りの一人は子供でもう一人は大人に見える。

「……え」

「あーっ！　真澄お兄ちゃんだ！」

懐かしい声。手を振りながら女の子が無邪気に俺のほうに走り寄ってくる。

この底抜けに明るい声は——。

「え？　ふたばちゃん、どうしてここに？」

「友達と遊んでいたら、変な声が聞こえてきて——」

先日幽世に迷子になって数日特務課で過ごしていた神崎ふたばちゃんだ。

色々突っ込みたいことがあって言葉が出てこない。でも、それ以上の衝撃が俺を待ち受けていた。

「……兄さん」

「——は？」

ここにいるはずのない声が聞こえる。いや、気のせいだ。彼がこんなところにいるはずがない。

恐る恐る目をやると、そこには——。

「真咲!?」

ぶっきらぼうな声。ローテンションに見下ろされる視線。

見間違いじゃない。目の前に立っているのは正真正銘、俺の弟の真咲だった。

「は？　え……真咲？　はあ？　お前なんでここにいるんだよ」

本物か？　と思わずぺたぺたと体を触ってしまう。

「大学の帰りだよ。そしたら途中でこの子が迷子になってて、交番に連れて行こうと思ったら……こんなところに」

どこなんだよここ、と真咲は訝しげに辺りを見回している。

俺は内心冷や汗だらだらだった。幽世を知っているふたばちゃんとは違う。おまけにやけに勘の良い真咲のことだ、明らかにここが普通の世界ではないことは絶対に察している。

「お兄さん、ここはね――」

「こらこら、ふたばちゃん。約束忘れたの？　お口にチャックじゃなかった？」

慌てて九十九さんがふたばちゃんの口を塞ぐ。すると彼女ははっとして、じーっと口のチャックを閉じる真似をした。

「ごめんね、お兄さん。あたし、ここのことなんにも知らないの！　だから教えてあげられないんだ！」

「はぁ……」

確かにいってない。なにもいってないけれど、それはもう知っているのと同意義だよふたばちゃん。と突っ込みたかったのをきっとみんな必死に堪えていた。

「この人たちは……兄さんの知り合い？」

真咲は俺の周りにいる九十九さんや三海やヒバナさんをちらりと見た。

「あ……えっと。俺の先輩、たち」

ここは下手に誤魔化さずに紹介するのが得策だろう。

三海とヒバナさんは若干驚いていたものの、九十九さんはノリノリで俺の肩に両手を乗せてにこやかに挨拶する。

「どーも！　僕、九十九恭助っていいます。東大生の弟クンでしょ？　真澄くんからいつも話聞いてるよ」

「なに余計なことといってんの」

じろりと睨まれて俺はさっと目を逸らした。別に悪口なんていってないから安心して欲しいけれど、なにをいったところで怒られるに決まっている。

「み、三海だ。マスミとは一時期一緒に組んでたことがある」

「ヒバナよ。お兄ちゃんに似て美味しそうな子ね」

「…………兄がいつもお世話になってます」

すんごい間だ。

きっと突っ込みたいことを色々と飲み込んでからの言葉だったんだろう。三海たちを追及することはないだろうが、後で俺が問い詰められる、真咲はそういうヤツだ。

「——兄さん」

ほらきた。この「お前なにしてんだよ」って感じの目。

ここが現世とは違う世界で、俺はずっとここで働いていましたーなんていおうものなら確実に真咲の雷が落ちる。

ふたばちゃんみたいにしらばっくれるか？　いやそんな誤魔化しが通用する相手でもない。ここまで来たら素直に白状するのが身のためか？

『——真澄、そろそろいかないと白銀が怒る』

言い訳を必死で考えていると、隣に少女の姿になったこがねが立っていた。

「やべ……もうそんな時間か」

素で驚いた。慌てて時計を確認すると、奉納演舞の時間まで残り一時間を切っているじゃないか。

白銀には着替えもあるから一時間前集合といわれていたのに、完全に遅刻だ。

「ごめん、真咲。俺マジでどうしても行かなきゃいけないとこがあるんだよ」

「……今、この状況でそれが通じると思う？」

「う……だから本当なんだって！　ふたばちゃんと二人で帰ってくれ。九十九さん、頼んでもいいっすか？」

「いいけどぉ――」

俺と真咲を交互に見た九十九さんはにやりと笑う。なんだかとても嫌な予感がした。

「弟くん……えっと、真咲くんだっけ。お兄ちゃんの勇姿、見たくない？」

「は？」

「ちょっ――」

この人、まさかあのことを教えるつもりじゃないだろうな。

「これから真澄くんが奉納演舞をするんだよ。一緒に行かない？」

「兄さんが？」

終わった……と俺はがっくりと肩を落とした。なにいってくれてるんだこの人。

今日まで練習はしてきたけれど、未だに緊張するんだ。第一身内になんか絶対見られたくない。俺の気持ちを全て知った上で九十九さんはいってるんだから、相当性格が悪い。

「……俺が行ってもいいんすか？」

「もちろん。大歓迎だよ。真澄くんの働きぶり見て欲しいし？」

お前もお前でなに乗り気になってるんだよ。絶対興味ないだろ。

九十九さんが真咲と肩を組んで前を歩く。

彼がたまに振り返りにやけながらこっちを見てくる。その悪い顔、本当に楽しそうだこと。

「九十九さん……迷子の人は、然るべき職員に引き渡すのでは？」

「えー……折角ご家族に真澄くんの働きぶりを見せるいいチャンスじゃん。それに、一緒にいれば保護してるってことになるよぉ？」

「うわぁ……」

筋は通っているけれど、それはただの屁理屈（へりくつ）だ。非難の視線を浴びせると九十九さんはそれを容易（たやす）く躱（かわ）して頭の後ろで手を組む。

「戸塚さんに怒られますよ？　演舞見に来るっていったじゃないですか」

「あー……じゃあ、このお面を被らせておこう！　顔見えなきゃ大丈夫っしょ！」

九十九さんは苦し紛れに近くの屋台からお面を買ってきて、真咲にひょっとこのお面を被らせた。

「そういう問題っすか……？　怒られてもしりませんよ？」

「そもそも僕は問題児だし？　一つや二つくらい悪いことをしてもなーんにも怖くないよ」

『真澄、もう諦めろ』

もうため息しか出てこない。これはどうすることもできなそうだ。

「折角だし行こうかな」

「え、マジでついてくんの？」

「気になるし。それに、動画撮って母さんたちに送りつける」

「それだけはやめてくれ絶っ対に」

にやりとほくそ笑み、スマホを構える弟に俺はがっくりと肩を落とした。

『其方、酷い顔をしておるぞ』

「うるさい……察してくれ」

こがねが顔を覗き込んでくる。もう祭りどころの騒ぎじゃない。

「ささ、観念していこうか真澄くん。ヒバナさんと相棒もおいでよ。警備は厳重なほうがいいしね」

「そうね、みんなで見に行くっていったし。きっと稔も来るでしょう」

「……最悪だ」

そんなこんなで団体で、舞台がある偃月院まで移動することになってしまった。

「また迷子になったら困るからな、嬢ちゃんはこっち来い」

よいしょ、と三海が以前のようにふたばちゃんを肩車した。

「カガミに会える？」

『難しいかもしれないな。彼奴(あやつ)は騒がしいところが苦手だから』

「そっか……残念」

ふたばちゃんはしょんぼりと肩を落とす。

「そういえば、新しい生活はどう？　慣れた？」

俺が見上げるとふたばちゃんはにこりと笑う。

「うん。施設の人みんな優しい。友達もできた。オバケが見える子もいるの」

「よかったね。もう怖い目にも遭わなくて済む」

「カミサマの声もね聞こえなくなったの。もう一人でも大丈夫だよ、って」

笑顔のふたばちゃんに全員が安堵した。

きっと不安がなくなったから、彼女を支えていたカミサマという声も聞こえなくなったんだろう。

以前会ったときよりふたばちゃんはふっくらと肉付きがよくなっているし、顔色も良い。幸せそうで本当に良かった。

『もしカガミに会うことがあれば其方は息災であったと伝えておこう』

「うん。またカガミに会いたかったな」

ふたばちゃんは少し寂しそうだけれど幸せそうに笑っていた。

「……みんな、知り合いなの？」

「ああ、この子前も迷子になってここに来たことがあるんだ」

「へぇ……」

歩きながら真咲は興味深そうに周囲を見回す。

「……ここにいるのって、人間じゃないよね」

真咲の一言に全員が固まった。

周囲を歩くのは明らかに異形のあやかしたち。人間の姿をしている者は一人としていない。ハロウィンの仮装行列だといっても、そんないい訳が真咲に通じるわけもない。

「まあ……説明できたら後でするから、とりあえず今はなにも聞かないでくれ」

「……そういうことにしておいてあげるよ」

それでも視線は突き刺さる。ひょっとこのお面の圧が強すぎる。絶対納得していない。

会場につくとしろがねが腕を組み、仁王立ちをして待っていた。

「遅いっ！」

「ごめん、色々あって」

ここにいるはずのないふたばちゃんと謎のひょっとこ男を見たしろがねは、何か察したようにため息をつく。

「間に合ったからいいけど、準備したらもうすぐ出番だよ！　ほらっ、早くして！」

ぐいぐいと腕を引っ張られる。

「頑張ってこいよ」

三海やヒバナさんがひらひらと手を振ってくれる。館に入る間際真咲と目があった。

「またあとで」

お面をずらした真咲がどことなく楽しそうに笑うものだから、なんとなく頑張らなければいけないと俺は気合いを入れるために頰を叩いた。

＊　＊　＊

「時間がないから早く着付けちゃうよ！」

「ぐっ……ちょっと締めすぎだろ！」

奥の和室に連れて行かれた俺はしろがねに手早く衣装に着替えさせられていた。

赤い袴(はかま)に白い着物。所謂(いわゆる)巫女装束に袖を通し、目元には赤い縁取りを施され、その上から狐のお面を被せられた。

目の前の姿見に映る自分がとても自分だとは思えない。

「……俺、本当にこんな恰好(かっこう)で人前出て大丈夫なのか」

『意外と似合っておるぞ。馬子にも衣装とはよくいったものだ』

俺の目の前でこがねがニコニコと笑っている。

本番まではあと僅か。緊張がどっと押し寄せてきて心臓が口から飛び出そうだ。

「……みんな見るんだよな」

「そうだね。恐らくこの近くにいるあやかしたちは結構来るんじゃない？」

対するしろがねはいつも通り平静だ。それどころか早く終わらないかな、と手持ち無沙汰に神楽鈴をしゃんしゃんと鳴らしている。

「なんでお前はそんなに余裕なんだよ」

「長く生きているとこれくらいじゃ動じないよ。それに、間違えたって気にしなくていいよ。本当はこれが正しい形なんだから」

「正しい形？」

「奉納演舞は元々人間とあやかしが一緒に舞っていたんだよ。幽世と現世。二つの世界に暮らす人たちがみんな幸せになりますように、という想いを込めてね」

『今は人間の代わりに、陰と陽。対を成す私たちが舞を捧げている』

「ボクたちは二つの世を見守る天狐だからね」

しろがねとこがねは二人で手を合わせて妖美に微笑む。

『幽世には人間を嫌う者も多い。だが……少なくとも私たちはヒトの子を、その営みを愛している』

「ヒトの子を見守り、崇められ、そうしてボクらは天狐として生をうけた。ヒトの子あってのボクらだから」

そうやって笑う二人に思わず背筋が伸びた。普段何気なしに一緒に暮らしているけれど、彼らは俺の何十倍も長く生きてきた。あやかしとはいうけれど、俺たち人間にすればそれはもう神に等しい存在なんだと。

『案ずることはない。其方は其方の想いを乗せて舞えばいい』

「真澄は今は半妖だけど、元を正せばヒトの子だ。あやかしのボクらがヒトの子である真澄と共に演舞を披露できることはとても誇らしいことだよ」

だから、楽しもう。としろがねは気合いをこめるように俺の背中を叩いた。

背中に走る鈍い痛みが消えていくと共に、心がすっきりしていく。俺も二人の気持ちに応えるべきだと思った。こがねの分も想いを乗せて、舞台に立とう。

「よし……もう、大丈夫だ」

もう恥ずかしさも緊張も吹き飛んだ。

あれだけ恐ろしい妖魔と命がけで戦うよりもずっと平和で楽しいことじゃないか。

「さあ、いこうか真澄」

「おう。目一杯楽しもうぜ」

差し出されたしろがねの手を掴んで立ち上がり、舞台袖へ向かう。

顔を隠したあやかしたちが音曲を奏で始めると舞台の幕があがる。

『大丈夫だ。私が傍にいる』

舞台に出る寸前、耳元でこがねの声がして優しく背中を押された気がした。

偃月院は現世でいうと皇居の位置にあたる。大きな庭に作られた能舞台。その周りを囲むように沢山の観客が俺たちを見つめていた。

視界が狭いお面越しに客席を見ると、特務課の人たちと真咲やふたばちゃんの姿もあった。

合図の鼓が鳴ると同時に舞がはじまる。まずは右足を前に、左手を額につけ回って――鈴を二回。

『みんな見にきてるんだな』

『我らの舞を見ればその年は一年平穏無事に過ごせるというじんくすもあるからな』

心の中で俺はそっとこがねと会話した。今、彼女は俺の中にいる。

すぐ傍でこがねの息づかいが感じられる。最初は慣れなかったけれど、今ではそれが当たり前で。こがねが傍にいてくれると思うだけで心強い。

『――少し体が強ばっているな。音に身を委ねるんだ。そう。一歩、二歩。そして鈴を鳴らす』

しゃん、しゃん、とこがねの指示にあわせて体を動かす。

練習で散々しろがねに絞られたところも難なくクリアした。まるでこがねが俺の体を使って舞っているかのような、そんな不思議な感覚だ。

『違うよ。私が其方を使っているんじゃない。其方が私を使っているんだ』

くるりと回り、しろがねとすれ違う。

踏み込む足、重なる鈴の音。着物が揺れるタイミングすら、しろがねとの息ぴったりに動けている。お面越しだけどあいつが驚いているのがわかった。

体が軽い。視界が鮮明だ。千里眼を開いているときみたいに、幽世や現世の情報が見えてくる。幽世は賑やかで、その上にある現世は穏やかだ。二つの世界は今日も平和だった。

ちらりと横を見ると、こがねも一緒に舞っていた。

一つ足を動かす度に金色の髪が靡(なび)く。

観客が息を呑んだ。金と銀の天狐の舞。これが本物の奉納演舞。

俺としろがねでは比べものにならないくらい神々しく、美しかった。

『――真澄、聞こえているか?』

こがねと目があった。彼女の声が、頭の中に響く。

『ああ、聞こえてる』

『この会話は私たちにしか聞こえていない』

すれ違い、舞いながら話をする。そんな余裕なんてないのに。

『薄々気付いているだろう。其方と私、その繋がりが深くなっていることに』

『……うん』

『私は其方に憑依した。其方の命を救うため、そして私自身を救うため。だが、その繋がりは時を重ねるほどに強くなった』

『俺が死んだらこがねも死ぬ。運命共同体ってヤツだろ？』

『だが離れる方法はないわけではない』

互いに背中合わせになって、同時に鈴を鳴らした。その音が頭の中に響くようだ。

『私が其方に全ての妖力を渡せばいい。さすれば真澄は半妖ではなく、真のあやかしとして覚醒することができる。もしくは私の命を使って其方を人間に戻せば良い』

『そうなったら、こがねはどうなるんだよ』

その言葉に一瞬頭が真っ白になった。

『……私はただの狐になる。もしくは其方に取り込まれて消えるだけだ』

『そんなのこがねが死ぬのと一緒だろ』

『元々、身勝手に其方を巻き込んだのは私だ。それくらいの覚悟はできている。いや……それくらいしないと償えない。真澄が望むなら、私の命程度――』

鈴を鳴らして向かい合う。互いの瞳が重なった。迷いに揺れる金色の瞳。

『お前の言葉を借りるぞ、この大馬鹿者』

こがねはきょとんと目を丸くする。

『お前を犠牲にして俺に生きろってか？　そんなんで俺が本当に喜ぶと思ったのかよ。どれだけ一緒にいると思ってるんだ』

『……真澄』

『俺は命を助けてくれたこがねに感謝こそすれ、恨んじゃいない。ただ俺に縛られて自由に動けないこがねに申し訳ないなって思ってただけだ』

『そんなことは……』

『俺はここでの生活が楽しいんだ。仕事があって仲間もいる。毎日がお祭り騒ぎで、現世じゃ送れないこの日常が幸せなんだ。俺の幸せを勝手に決めるなよ、馬鹿狐』

そう叱るとこがねは子供みたいに眉尻を下げ目をぱちくりと瞬かせている。

『勝手に入ってきて勝手に出ていくなんて許さないからな。俺はお前と一緒にいて楽しいんだ。こがねは違うのか？』

『……楽しいよ。真澄と過ごす日々は、とても』

『ならいい。こがねがいいなら、このままずっと、二人で一緒にいよう』

『っ……この、人たらしめ』

にかりと笑うとこがねは涙を滲ませながらはにかんだ。

『なあ、こがね』

『案外舞ってのも楽しいんだな。こがねはいつも俺に知らない世界を教えてくれる。今の俺がいるのはお前のお陰だよ、ありがとうな』

それはこちらの台詞だよ、とこがねは不服そうに唇を尖らせる。

そして俺とこがねの動きが重なり、彼女は俺の体に溶け込むように消えていった。

舞台上からいくつもの小さな光がふわりと浮かび上がるのが見えた。

（すごい……）

『それがあやかしたちの喜びの気持ちだ。誇りに思え、真澄』

ああ、俺はこの美しい光景を、傍らで微笑むこがねの顔を、忘れることはないだろう。

最後にしゃんと鈴が鳴り、気付けば演舞は終わっていた。

周囲から割れんばかりの拍手が聞こえる。

「ほら、真澄。挨拶」

我に返って俺は慌ててお面を外して頭を下げる。

「――納得いかない」

じとりとしろがねの視線が突き刺さる。

「な、なんだよ急に」

「真澄と黄金が重なって見えた。黄金はボクの片割れなのに！　気に食わない！　おまけにボクを放って二人でこそこそ話してたでしょう！」

ぶつくさと文句をいいながらしろがねはどたどたと舞台を下りていくので、俺も慌てて後を追った。

『なんだなんだ、ヤキモチか白銀』

「真澄、やっぱりボクはキミが大嫌いだっ！」

「そんなつれないことというなよ、な？　相棒？」

「真澄の相棒になったつもりはないよっ！　でも——まあ、その。今の演舞はとてもよかったと、思うよ。気に食わないけどねっ！」

ふん、としろがねは捨て台詞を残して立ち去ってしまった。ツンデレかよ。

「……なにはともあれ無事にお役目終了って感じか？」

『ああ、お疲れ様。其方の想いは舞となって、きっと無事に届いただろう』

人型になったこがねは俺の隣で晴れやかに微笑んでいた。

そして俺はさっさといつもの制服に着替え、偃月院の外に出る。ここはあまり良い思い出がないからさっさと立ち去るのが身のためだと思った。

《——小僧》

聞き覚えのある声が脳内に届いた。ああ、これはこの屋敷の奥にいる、偃月院の長。山本五郎左衛門(ごろうざえもん)の声。

「……なんすか。俺は今日なんにもしてないっすよ」

《否、褒めているのだ。其方の今日の演舞はとても良いものだった。これからも、励むように。中々に面白いヒトの子よ》

それは純粋な褒め言葉だったと思う。いつもの見下したような声ではなく、小馬鹿にしたように笑うでもない。すとんと腹の底に落ちてくるような真っ直ぐな言葉。

思わず足を止めて振り向いた。まだひよっこな自分が、少しずつこの世界で受け入れられていくのは小恥ずかしいが、それでもやっぱり認められるのは嬉しいものだ。

「――はい」

深々と頭を下げた。

『長がヒトの子を褒めることはない。誇りに思え』

こがねもどこか誇らしげだった。そして俺が屋敷の外に行くと、壁に真咲が寄りかかっていた。

「真咲……」

「あ、兄さん。お疲れ様」

「お前一人か？」

「さっきまで九十九さん？　って人が一緒だったけど、あの女の子を知り合いに会わせにいっちゃった」

「え、じゃあお前ずっと一人で待ってたのか!? 大丈夫だったか」

「ほんの数分だから大丈夫。それにここは安全だっていってたし。このお面をつけとけば大丈夫だって」

『このお面には特殊な香が焚かれているな。これさえつけておけば、おいそれとヒトの子とわかることもなかろう』

ちらりと真咲が上を見る。それを辿ると屋敷の塀の上にずらりと朧衆が立っていた。確かにこれだけ大勢がいれば真咲に手を出すような輩は出てこないだろう。

「これからどうするとかいわれたか?」

「九十九さんがこれを兄さんに渡してくれって」

そういって折りたたまれたメモを渡された。開いてみると『僕らはふたばちゃんを送るから、真澄くんは弟くんのことよろしくね。稔さんには上手いこと誤魔化しておくからさ』との手書きの文字が。きっと九十九さんなりの気遣いだろう。

「大丈夫そう?」

「うん。これから真咲を送ってけって。帰りがてら、ついでだから色々案内するよ」

「あの女の子は大丈夫なの?」

「ああ、ふたばちゃんは九十九さんたちが送ってくみたいだから大丈夫だよ」

「そっか……ならよかった」

行こう、と先に歩き出せば真咲は黙って隣にならんでついてきた。

「腹空かないか？　なんか食べる？」

「いや、大丈夫。実はさっき三海さんとヒバナさんって人の屋台でタコヤキごちそうになったんだ」

「……え、アレ喰ったの？」

「見た目はやばかったけど、味は意外といけた」

こいつ潔癖症のくせにそういうチャレンジ精神はあるから尊敬する。

賑やかな街を二人で歩く。弟を興味深そうに見下ろすあやかしとすれ違えば、俺はぎろりとソイツを睨んだ。

「俺の弟に手ェだすなよ。祭りなんだからお互い楽しく過ごしたいだろ？」

拳を握りながらそういうと、そいつらはささっと逃げていった。最初はびくびく怯えていたくせに、すっかり俺もこの世界に馴染んできたということだ。

「……強いんだね、兄さん」

「いやぁ、見回りしてると自然と顔が広くなるからな」

黙ってついてきた真咲はそんな俺をちらりと見ながらぽつりと呟いた。

「ここが俺が知ってる東京じゃないってことは……なんとなくわかってるよ。兄さんがそれをいえないってことも、わかってる」

俺はそこまで馬鹿じゃないから、と呟いた。

真咲は全部を察した上で、深く聞かず、怖がりもせず、俺の傍にいる。きっとこの後、幽世の記憶を全て消されるというのも……なんとなく察しているのかもしれない。勘が鋭い弟だから。

「兄さんはずっとこっちにいるつもり？」

思わず足を止めて、真咲の顔を見た。お面を被っているからその表情はわからないけれど、どことなく寂しそうな気がした。

「そう、かもしれないな。でも、真咲のところには遊びに行けるし、今まで通り時々顔出す。そんときはまた飯奢るよ」

「……あ、いや。怪しんでるとかそういうわけじゃなくて」

言葉を濁しながら、真咲が歩き出したので俺も足を踏み出した。

「なんだよ。いいたいことあるならはっきり――」

いつもの説教だろうか。真咲の説教は長いんだよな、と困惑しながら思わず視線を泳がせる。

「安心したよ。兄さんは兄さんのままだった」

「あ？」

「少し怖かったんだよ。半年前から、兄さんは俺の知ってる兄さんじゃなくなった気がしてさ。嘘つくのも下手なのに、必死になにかを隠そうとして。変なのに憑かれてるし。仕事仲間も不思議な人たちばっかだ」

「は、はは……」

それはご尤もだ。返す言葉がなにも見つからない。

「いつも兄さんは俺を助けてくれたから。兄さんが困ってるなら、俺も兄さんを助けなきゃって思ってた。母さんや父さんは脳天気だからなんにも気付いてないけど……いや、気付いてないふりをしてるだけで、二人も兄さんのこと心配してるよ」

そういえば地元にいる両親に最後に連絡を取ったのはいつだろうと思い返した。ついつい近くに真咲がいるからと、二人のことは弟に任せっきりだった。そう思うと少しだけ実家が恋しくなった。

「いつでも帰ってきなよ。兄さんが帰る場所はあるからさ。兄さんは俺には頼れっていうけど自分はいつも一人で抱えこんでさ。なにかあったら頼ってよ、俺たちは家族なんだから」

「……おう」

「さっきの舞を見てたら、いわなきゃって思ったんだ」

鼻の奥がつんと痛くなった。俺の想いはきちんと届いていたんだ。

真咲が生まれてから色々と大変だった。彼は俺たちが見えない物に怯えていたし、

　自分は兄だからしっかりしなくてはと思っていた。それが辛いと感じたことはなかったとはいえない。でも、今こうして弟は俺を支えようとしてくれている。今までの努力が報われたような気もした。

「兄さん」

「ん？」

「俺、兄さんの弟で良かったよ」

「やめろよ気持ち悪い。明日嵐になりそうだ」

　散々貶（けな）されていた弟に急に褒められると全身に鳥肌が立つ。まあ、それでも嫌な気はしないけど。

『――真澄。そこを右に曲がれ』

　ふところがねの声が聞こえて、大通を右に曲がり小道に入った。

　そこにはさっき男の子を送り届けた時のように、真っ赤な鳥居がぽつんと立っている。行き止まりのそこは街の喧騒も遠くに聞こえた。まるで世界の狭間（はざま）に立っているような不思議な感覚だ。

『真咲。その鳥居を潜れば、其方は現世に戻れる』

　こがねがくるりと人の姿になって真咲の前に現れた。

「もう姿隠す気ないでしょ」

『詳しく説明せずとも勘の良い其方なら気付いておると思ってな』

「別にいいけど。たしかこがね、っていったよね」

うむ、とこがねが頷くと真咲はそこでお面を外してこがねを見た。

「お礼、いってなかったなって。兄さんを助けてくれてありがとう」

『礼をいわれることはしていない……謝らなければならないのはこちらのほうだ』

真咲に礼をいわれたこがねは驚いたように目を丸くした。

「その鳥居を振り返らないで潜るんだ。そしたら真咲が知ってる東京に戻って、その近くに俺と同じ服を着た人が立っているから……その人に話しかけるんだ」

「……わかった」

真咲は素直に頷いて鳥居を見上げた。

だけど進もうとしない。なにかあったのだろうか。

「兄さん。俺もいつか兄さんと同じ仕事がしたいな」

振り向いて、真咲は俺を真っ直ぐ見つめてそういった。

「なんだよ……急に」

「兄さんと同じところに立ったら、同じ景色が見られるだろ」

「なにいってんだよ。真咲にはもっと良い仕事あるって、ほら、この仕事結構危ないし？　Fラン大卒の俺でも入れちゃうとこだし、意外とブラックで——」

「兄さんはいつも俺より先に行っちゃうから。追いかけるのが大変なんだよ」

悔しそうな、寂しそうな表情を浮かべられた。

「俺は兄さんみたいになりたいよ」

「俺より優秀な東大生がなにいってんだよ。俺はお前が平和で元気に過ごしてくれれば、それでいいんだ。そのために、これからも頑張るからさ」

「本当……兄さんはなにもわかってないなぁ」

すると真咲は握手を求めるように右手を差し出した。

「じゃあね、兄さん。ここに来られて、兄さんに会えて楽しかったよ」

「俺も、会えて良かった。また連絡するよ。ちゃんと食べてちゃんと寝ろよ？」

「わかってる、母さんみたいなこというなって」

握手をして、そして真咲はいつも通りのテンションで鳥居を潜り消えていった。

俺は鳥居が消えるまで、真咲が歩いた場所をじっと見つめていた。

『——行ってしまったな』

「うん。無事、帰れるといいけど」

『よい弟を持ったな。彼が望むなら特務課の仲間となるのもいいかもしれない』

「やめてくれよ。こんな危険な仕事、弟にはさせられない。アイツには現世で平和に過ごしてて欲しいんだ。そのために俺はここで頑張るんだから」

冗談を交わしながら俺たちは大通に戻る。

夜の帳(とばり)が下り、空はもう真っ暗だ。でも幽世だけは賑わい、いつもの数倍の明るさがある。歌舞伎町のネオン街のような目映(まばゆ)い光じゃなくて、温かい賑わいの明るさ。

「おーい、黄金！　真澄！」

前方から聞き慣れた声が聞こえた。しろがねがこっちに向かって手を振っていた。

「みんな！」

少し先には戸塚さんを含めた特務課のみんながいた。

『勢揃いでどうした』

「今、みんなでふたばちゃんを見送ってきたんです。その帰りに、ついでだからお祭りを見て回ろうと」

百目鬼ちゃんが楽しそうに微笑む。

「ふたばちゃん、大丈夫そうでした？」

「ああ。せっかくだからカガミにも会わせた。大人しく帰っていったよ」

戸塚さんも穏やかに微笑んでいる。

「稔さんが今日はもうオフでいいって。真澄くんも銀ちゃんも演舞頑張ったことだし、後は残りの局員に任せて遊ぼうって」

「いいんすか？」

「俺たちだって幽世の住人だ。祭りを楽しむ権利はある。それに、休日出勤の分の振り替え休暇を消化しなければならないからな」

もぎ取ってきた、と戸塚さんはにやりと笑う。

「だから私たちも屋台閉めてきたのよ。がっつり売り上げたから、今日は私と三海の奢り！」

「好きな物喰って、たらふく飲もうぜ！」

射的やら、あやかし金魚すくいやらで盛り上がりみんなで祭りを楽しんだ。

「こがね」

はしゃぐみんなを見ながら俺はふと隣を歩くこがねに声をかけた。

「さっきもいったけどさ、俺は楽しいよ。幽世に来てよかったと思ってる。巻き込まれたなんて思ってない。だから、これからもよろしくな」

『——うむ』

そうして二人で手を繋いで、みんなの輪に加わる。

祭りはまだ始まったばかり。そして俺たちは朝まで飲み食いしまくり、翌日は二日酔いでダウンしていた。有休消化にはもってこいの忘れられない行事となったのであった。

幕間

賑やかな祭りから離れてすぐだからだろうか、現世の夜はいつもより静かに感じた。

鳥居をくぐり抜け、ふと後ろを振り返ると先程見えていた世界は消えていた。

周囲を囲むアスファルトと見慣れた風景。ああ、戻ってきたんだ。

「お兄さん！」

聞き覚えのある女の子の声。振り返ると、兄と同じ制服に身を包んだ男性。そして
そのすぐ隣には一緒に迷子になった女の子がいた。たしか、ふたばちゃんといったか。

「お兄さんも帰ってきたんだね！　よかった」

「君も、無事でよかった」

こちらに走り寄って懐いてくる彼女に微笑んだ。

「西渕真咲さんですね」

「はい」

「戸塚課長から連絡を受けています。無事戻られたようで安心しました。西渕さんは
もう帰ってもいいですよ。ふたばちゃんは施設の人が迎えにくるまで、一緒に待って

いようか」

黒い制服の職員が、少女と目をあわせて微笑んだ。すると彼女は不安げに俺を見上げる。

「お兄さん、もういっちゃうの？」

「……迎えがくるまで一緒にいるよ」

そう答えると少女はとても嬉しそうに微笑んだ。

「ありがとう。お兄さんは優しいね」

そのとき職員の電話が鳴り、彼はくるりと向きを変え誰かとなにかを話していた。

「ええ、ええ……わかりました。抜かりなく」

職員の声は静かな道路にやけに響いて聞こえた。

なんとなく嫌な予感がした。それは隣の彼女も気付いたのだろう。ぎゅっと手に力が籠もる。

「――すみません」

くるりと向き返った職員の表情は悲しげだ。その手には怪しい模様が描かれた札が握られていた。

「上からの命令であなたがたの記憶を消さねばなりません。大丈夫、痛みも苦しみもありませんので」

「……はあ」

驚きはしなかった。なんとなく、察していた。兄が自分と違う世界で生きていることは。兄は素直で嘘をつくのが下手くそだ。でも察しはいいから自分が気付かないふりをしていることはお見通しだったんだろう。だからこそお互いに踏み込むことはしなかった。兄の邪魔はしたくないし、足を引っ張りたくもなかったから。

『真咲にこっちの世界を見せることができてよかった』

そんな兄の屈託のない笑顔を久々に見た気がした。

いつも会うたびにどことなく申し訳なさそうな、寂しそうな顔をしていたから。そんな兄の姿を見られて安堵した。

兄が暮らす世界は自分の住む世界よりもっと賑やかで、危険で、でも目を奪われるほど美しかった。

生き生きとしている兄を久々に見た。自分も正直、楽しかった。そんな記憶が消えるのは少し寂しいなんて思ってしまった。

そのとき、目の前でなにかが地面に倒れる鈍い音がした。

「――え？」

職員が倒れていた。糸の切れた人形みたいに突然に。

「ちょっ、どうしたんですか……大丈夫――」

救急車を呼ぼうと、スマホを取り出しながらその人に近づいた。首に指をあてると脈はまだあった。なにかに襲われたんだろうか。

そうだあの子を守らないと、と振り返ろうとした瞬間、背後に尋常じゃない殺気を感じた。

「――っ」

金縛りにあったように体が動かない。

いる。背後に、人智(じんち)を超えた恐ろしいなにかが。でもここで動かないと、そこには女の子がいるのだから。

動け、動けと全力で自分の頭に命令し、無理矢理体を動かす。

「……ふたばちゃん？」

女の子は立っていた。恐ろしいくらいの真顔で、自分を見下ろしている。

「大丈夫？　お兄さん」

一言、言葉を発しただけで冷や汗が噴き出した。

彼女は人を怯えさせるほどの圧を放つ子供だっただろうか。

「お兄さんだって、大切な記憶を失うのは嫌でしょう？」

「――な」

動けない自分を見てあざ笑うように彼女は自分の背中に飛びついてきた。

「優しいお兄さん。一緒にいてくれるお礼に、カミサマが助けてくれたんだよ」

よかったねと妖美に笑うその子はとてもじゃないが子供には見えなかった。

「お兄さんは怒ってないの？」

どういうことだ、と尋ねようとしたけれど声が出なかった。

「だって、お兄ちゃんはずっとお兄さんに隠しごとしてたんだよ？　お兄さんはこんなに心配してるのに、お兄ちゃんはそんなこと気付かないでのうのうと楽しそうに生きてるんだよ。お兄さんだけ、除け者だね？」

まるで人の心を覗くみたいに彼女は俺の瞳を覗き込んでくる。

「兄さんはいつも守ってくれる。でも、俺はいつまでも子供じゃない」

考えを読み取られた。心の奥底で思っていたことを彼女は声に出した。

「ふふっ、悔しいよね。自分だけ仲間はずれで。なぁんにも教えてくれないの。でもようやくわかったと思ったら、その記憶とはバイバイしなきゃいけないなんて……ムカツクよね？」

悪魔のように口角を上げ、彼女は額に指を当ててきた。

心の中を引っかき回されているようで、自分の嫌な感情を無理矢理引きずり出されているようで心底気持ちが悪かった。

「……お前は、誰だ」

絞り出すように声を出した。そこで彼女はようやく驚いたように瞬きをする。

「やはり、勘が鋭いな。私が見込んだだけのことはある」

女の子から男の声が聞こえた。年老いた声ではない。かといって若いわけでもない。奇妙で不思議な声だ。

「感謝しよう、少年。お陰で私はこの小さな体を脱し、適性にあった良い肉体を得て、ようやく目覚めることができる……協力者も得ることができた。収穫は上々だ」

小さな手が目の前に迫る。逃げられるはずなのに体は一向に動かない。

「お前は、誰だ」

手で目を覆われ、視界が闇に染まる。

「決まってるだろ。カミサマ、だよ」

楽しそうな声と共に、そこで俺の意識はぷつんと途切れた。

第参話　隠し神

同じ夢を見るのはこれで何度目だろう。

「おい……なにが起きてんだよ。どうしてだよカガミ」

俺の腕の中には血まみれになったカガミが倒れていた。彼女の鼓動が、呼吸が確実に浅くなっていくのが鮮明に伝わる。これは夢だというのに。

「真澄（ますみ）──」

彼女はまた俺に何かを託して事切れた。

彼女は一体何をした。なんで俺はカガミの血にまみれて泣いているんだ。状況が全く理解できない。理解できないのに、夢を繰り返す度にそれは鮮明になっていく。

「やあ──」

いるはずのない人物がそこにいた。俺のよく知った顔で、よく知った声で、俺の前に立っている。だというのにそれは俺の知っている彼ではないような気がした。

「お前は誰だ」

そう尋ねてもソイツはなにも答えない。薄気味悪い笑みを浮かべ俺を指さした。

「運命の時は目の前だよ。精々足掻（あが）いてみなよ、クソガキ」

指で軽く弾かれる。その瞬間俺は夢の外へと弾き飛ばされるんだ。

＊　＊　＊

十一月中旬。秋ももうすぐ終わり、間もなく厳しい冬がやってくる。

中庭に溢れる落ち葉を集め、俺たちは昼間から焚き火を囲み焼き芋を作っていた。

「平和だなぁ……」

「暇だねえ」

九十九さんと三海が大層つまらなそうに木の枝で落ち葉をつついている。

『最近、一体も妖魔が出ていないからなあ』

「こんなことはじめてじゃない？」

同じように天狐コンビも欠伸を嚙み殺す。

祭りが終わってからというもの、幽世は平和そのものだった。あやかし同士の小競り合いは日常茶飯事だったけれど、幽世や現世を脅かすような事件も、妖魔の出現もぱたりと途絶えていた。そのため見回り組の俺たちは……というか主に暴れるのが大好きな九十九さんと三海がかなーり意気消沈していた。

「みんな緩みすぎだって……ほら、いい感じに焼けたぞ」

俺は落ち葉の中からアルミホイルにくるんだサツマイモを捜し当て、みんなに配る。熱さを我慢し、ぱかっと半分に割ればぶわりと上がる湯気と甘いいい香り。山吹色のほっこりとしたイイ焼き芋ができあがった。

「そういう真澄だって上の空って感じじゃん」

「まあなぁ……なんか最近集中できないんだよなあ」

芋をかじりながらため息をつく。

俺に関しては、仕事が暇というよりは最近見ている夢のことが気がかりという感じなんだけど。意味ありげに目配せをしてくるこがねに小さく首を振った。

単なる夢だし、みんなに余計な心配をさせたくはない。今は平和だし、すぐに言う必要もないだろう。

「こーら、見回り部隊。そんなところで油売っってていいの？」

「さっきから何回も行ったけどなーんもねえの。ぐるぐる散歩するのも飽きた」

縁側からヒバナさんが呆れ顔で現れた。開き直る三海は相変わらずだ。

「平和なときこそ気を引き締めろ。こういうときに寝首をかかれるものだ」

戸塚（とつか）さんと百目鬼（どどめき）ちゃんも中庭にやってきて、特務課が勢揃いした。

「うぃーっす」

全員やる気のない返事をしながら、みんなで焚き火を囲む。

なんともいえない穏やかすぎる時間がゆったりと流れていく。こんなに平和でいいんだろうか。

「そうだ、西渕。一度弟に会いにいけ」

「え……なんすか急に」

「祭りのとき、幽世に迷い込んでいただろう。お面を被った程度で俺をごまかせると思ったか」

その言葉に俺はぎくりと肩を震わせた。

「……他人の空似とかじゃないっすか？」

戸塚さんは瞬きせずに俺を見ている。無言の圧力が恐ろしい。

「……まあ、どうせ九十九あたりの仕業だろう？」

「あはっ、バレちゃいました？」

「当たり前だ。幽世に迷い込んだ人間のリストがあがってきたからな」

しらばっくれる九十九さんの背中目がけ、戸塚さんは書類を叩きつけた。

二人でそれを覗き込むと、見事に『西渕真咲』の名前が載っていた。

「えー上手くごまかせたと思ったのになあ」

「——九十九？」

「はいはい、すみませんでしたー。以後気をつけまーす」

戸塚さんに睨まれ九十九さんは渋々謝るも一切悪びれている素振りはない。

とんでもない数の始末書を書かされそうだと冷や汗を流していると、戸塚さんは小さな瓶を俺に差し出した。

「九十九は始末書。そして西渕はこの薬を弟に飲ませてくるんだ」

「これは？」

指でつまめるほどの小瓶の中は透明の液体で満たされている。

「ごく少量の忘却薬だ。祭りの記憶をピンポイントで消せる」

「そんな都合のいいものあるんすね」

「公安局の人間は優秀だからな。それに、これは君の弟のためでもある。大切な家族を危険には巻き込みたくないだろう」

「そうっすね……アイツには平和に生きてて欲しいんで」

小瓶を握りながら真咲のことを考える。

あの夜、真咲は「頑張れ」と背中を押してくれた。俺と一緒に仕事をしたいと期待に満ちた表情で話してくれた、その記憶が消えてしまうのは少し勿体(もったい)ない気がするけれど。アイツを巻き込みたくはなかった。

「それに、これだけ暇なときくらいしか現世にゆっくりりいけないだろう。たまには兄弟水入らずで過ごしておいで」

「ありがとうございます」

それはきっと戸塚さんなりの気遣いだったんだろう。

なんだかんだいいながら本当にいい職場に出会えたなと感謝しながら、俺は現世の王子にある弟が住むアパートに向かうことにした。

＊　＊　＊

「――兄さん」

「……よっ」

突然の兄の来訪に弟は面食らっていた。土曜日だから大学の講義はないと踏んでいきなり自宅に押しかけて正解だった。

「急にどうしたのさ」

「いや、急に非番になってさ。こっち帰ってきたんだ。真咲のことも心配だったし……あのあと、無事家に帰れたか？」

「は？　なんのこと？」

真咲の反応に俺は目を丸くした。

『真咲、覚えていないのか？　其方はあの夜かくりー―』

思わず飛び出してきたこがねの口を俺は慌てて塞いだ。

余計なことはいわないほうがいい。もしかしたら既に公安局の誰かが真咲の記憶を消している可能性があるかもしれない。

そう心の中でこがねに伝えると、彼女はこくこくと頷いて俺の中に戻っていった。

「……兄さん、大丈夫？　狐の様子おかしかったけど」

「大丈夫大丈夫。久々に真咲に会えて恥ずかしかったみたいだ」

苦笑いをしながら誤魔化すとこがねが思いっきり俺の体の中で暴れていた。仕方ないだろ、そうやって誤魔化すしかないんだから。

「今日はこっちにゆっくりいられるから、どうだ？　晩飯でも一緒に」

「あー……ごめん。今日これからバイトなんだよ」

「え、お前バイトなんかしてたの？」

「まあね。塾で小学生に勉強教えてる」

真咲が塾講師だなんて意外だ。まあ、頭もいいしなんだかんだ面倒見もいいからきっといい先生をやってるんだろう。

「そっか……それなら俺は帰ったほうがいいな」

「あ、いや。まだ出るまで一時間くらいあるし……コーヒーくらい飲んでいきなよ」

真咲は扉を開けて中に入るように促した。

ここはかつて俺も暮らしていたアパート。久々に実家に帰ってきたような懐かしさを覚えながら中に入った。

「な、真咲。最近お前の周りで変わったこととか起きてないか？」

コーヒーと、バイト先でもらったらしいケーキを食べながらのコーヒーブレイク。

一応真咲はしっかりこがねの分のコーヒーも用意してくれたのだが、彼女は苦いと舌を出しケーキをチビチビ食べ進めていた。

「変わったこと？」

「おう。なんか変わったニュースとか……変なのをよく見るようになったとか」

「そういえば……最近あんまり見なくなったな」

思い出したように真咲はケーキを口に運んだ。

「夜、変な道通っても全然見なくなった。最初は妙だなって思ったんだけど……気付いたら気にしなくなってたな」

「マジで？　それいつからだよ」

「……二週間くらい前からかな」

あの祭りがあった時期と一致する。真咲は霊感がとても強く、幼い頃から色々な霊が見えていた。もしかしたら一度幽世に来たことで何かが変わったのかもしれない。

「そっか、そりゃあよかったな。真咲、マジでビビってたもんな」

「……それ、馬鹿にしてない？」

ふくれっ面を見せる真咲に思わず笑みを零す。幾つになっても弟というものは可愛いもんだ。

「別に、もう怖くないよ」

「どういうことだ？」

「アイツらはもう俺のことは襲ってこないから」

あまりにも平然としていたので一瞬聞き逃すところだった。

「真咲……？」

彼は真顔で俺を見つめている。なんてことはない、いつもの弟だ。なのに何故か胸がざわついた。

「まさ――」

「あ、そういえば……変わったこと一つあった」

話を逸らすように真咲が軽く音を立ててコーヒーカップを置いた。

「最近塾の子供が休みがちなんだよ」

「……風邪でも流行ってるのか？」

「かもしれない。学校でも結構休んでいる子が多いって生徒がいってたから」

「へぇ……子供の風邪移ると厄介だからな。真咲も気をつけろよ？」

うん、と真咲は素直に頷く。その後沈黙に包まれる部屋。会話がない。いつものことなのに。なのに、なんだか無性に居心地が悪い。

「なあ、真咲。本当に変わったことはないか？」

「……ないっていってるじゃん」

そういって真咲は笑う。試しに千里眼を使ってみるが、特段異変はない。

俺の気のせいか？　だが、相変わらず胸はざわついたままだ。思わず真咲の腕を掴んだ。

「真咲。なんかあったらすぐ俺に連絡しろ。いつでもいいから、何時でも」

「なんかってなにさ」

「なんでもだよ。困ったことがあったらいつでも兄ちゃんに電話しろ」

「わかったよ。ほんと、兄さんは心配性だなあ。さ、俺そろそろ仕事だから。悪いけど、帰って」

促されるままにコーヒーを一気に飲み干し立ち上がる。真咲は玄関まで見送りに来てくれた。

「じゃあ、突然押しかけて悪かったな」

「兄さん」

玄関を出ようとしたとき腕を掴まれた。なんだかやはりいつもと違う気がする。

「どうした？　お前、やっぱり今日なんか変だぞ」

大丈夫か？　ともう一度尋ねると真咲ははっとしたように手を離す。

「いや、なんでもない。ごめん。また、いつでも顔出してよ」

「はぁ？」

いつもいわれない気遣いの言葉に内心驚きながら振り返った。

「仕事、大変なんでしょう？　怪我とかしないように気をつけて」

照れくさそうに真咲は頭をかく。ああ、記憶からは消されてしまったけれど、きっと体の奥底にあの時のことが刻み込まれているんだろう。

真咲には色々秘密にしていることがある。話せないことだって沢山ある。でもそれは真咲を守るためだ。なにがあっても俺は真咲を守ってみせる。

「大丈夫だよ。兄ちゃんは頑丈だからさ」

「そうだね。トラックに轢かれても死なない、不死身の兄さんだ」

にこりと笑うと、真咲も微笑み返してくれた。

「またな、バイト頑張って」

「うん。兄さんも、またね」

そういって、俺は真咲と別れた。

アパートの階段を下り、一人になったところでポケットに入れていた小瓶を出した。

『飲ませなくてもよかったのか？』

「真咲は幽世にいたことを忘れてた。それならよかったんじゃないか？」

できることなら弟に薬を盛るなんてこと避けたかったし、忘れていたならそれでいい。あの様子ならきっとふたばちゃんも元気にやっていることだろう。

『真澄』

「ん？」

『私になにか隠してはいないか？』

こがねに声をかけられ駅に向かっていた足を止めた。

「……どうしてそう思う？」

『最近、ずっと浮かない顔をしている。それに、さっきも真咲のことを必要以上に気にしていたからな』

彼女に隠し事はできないようだ。

「はは……ちょっとな、変な夢を見たんだよ。こがねも見たんだろ？　カガミが俺の前で死んだ後……真咲の声が聞こえるんだ」

『私はそんな夢を見ていない』

「え」

思わぬ言葉に固まった。こがねがあの夢を見ていない？

『すぐに幽世に帰ったほうがいい。そして戸塚にきちんと見た夢を話すんだ』

「わかった……！」

戸塚さんが折角気を遣ってくれた休暇は終わりそうだ。

ここからだったら本局に行ったほうが近いだろうと駅へ走り出そうとする。ふと視線を感じ顔をあげた。

「……真咲」

ベランダに真咲が出ていた。こちらに向かって軽く手を振っている。

平和なはずだ。幽世も、現世も。だというのにこの胸のざわつきはなんだ。

俺は真咲に向かって手を振り返し、足早に駅へと向かった。

彼にここまで見送られるなんて……いつ以来だろうと思い返す。

真咲に会えて安心する自分と、彼を不審に思う自分が存在する。だがそれはあくまでも俺のカン。決定的証拠はない。

この胸騒ぎが、そしてあの夢が杞憂(きゆう)であってほしいと願いながら俺たちは帰路についた。

＊　＊　＊

幽世に帰った俺はすぐに屋敷に戻り戸塚さんに会いにいった。

「戸塚さん」

「なんだ、もう帰ったのか。もう少しゆっくりしてくればよかったのに」

「ヒバナさんと百目鬼ちゃんは？」

「ああ、二人とも外に出掛けたよ。こんな時しかゆっくりできないだろうから、たまには気分転換にいいだろう」

本部には幸い戸塚さん一人だけだった。俺の表情を見て何かを察したのか、彼の眉間にきゅっと皺がよる。

「……弟になにかあったのか？」

「いえ、それは問題ないです。真咲は幽世にいた記憶は既に消えていました。多分、誰かが既に記憶を消したのではないかと」

「そうだったか。手間を取らせてすまない」

いいえ、と首を振る。報告はそれで終わりだ。もう出て行けばいいのに、俺はまだその場に留まり戸塚さんを見下ろす。

「……あの、戸塚さん。今、時間ありますか？」

話があるんです、といえば戸塚さんはこくりと頷いた。

「白銀（しろがね）、三海、九十九も同様に非番にしている。今この屋敷には、俺と君たちしかいない。好きなだけ話すといい」

　それはなんて好都合だろう。俺は戸塚さんの向かいに座ると、隣に変化したこがねも現れた。

「二人して神妙な顔をして……ただ事ではなさそうだな」

　戸塚さんは僅かに緩めていたネクタイを締め、姿勢を正すと俺の目を見ながら話し始めるのを待ってくれた。

「いつか、俺は未来視をしたと話しましたね」

「ああ。見知らぬあやかしが事切れた、という夢を見たといっていたな。不確実な要素も多く含んでいたため、まだ上にはあげてはいないが……」

「そのあやかし……カガミだったんです」

「……カガミ、だと？」

　思わぬ名前に戸塚さんが珍しく狼狽えた。

「どういう経緯かはわかりません。でも、俺は夢の中で……この手でカガミを殺した」

「それは確かなのか」

「はい。感触をはっきりと覚えています」

　俺は夢を思い出しながら両手を見つめる。

　両手にこびり付いた血の感触。弱まっていくカガミの脈。そして肌の冷たさ。あの嫌な感覚が鮮明に呼び起こされる。

「カガミは、今どうしてるんですか？　祭りの時に九十九さんがふたばちゃんを連れて会いにいったと聞きましたが……」

「気になるなら会いにいってみるといい。君は今日一日非番だからな」

「え」

すると戸塚さんはメモを取り出し、さらさらと地図を書いてくれた。

「彼女は陸番街(ろくばんがい)の長屋街に住んでいる。陸番街までは電車が出ているが、そこからは籠を使うといい。さすがに本部を留守にはできないから俺は同行できないが、二人で大丈夫だろう？」

『真澄、行ってみよう。不安の芽は早い内に摘んだほうがいい』

「わかった」

そうして俺たちはカガミに会いに行くことにした。

＊　＊　＊

戸塚さんに案内されたとおり、電車や籠を使い俺たちは幽世陸番街の長屋街に来ていた。百目鬼ちゃんの転移なしで街の中を歩くのも久々で、中々に新鮮だった。

「なんか全体的にレトロチックなのに、こういう技術が浸透してるのも不思議な感じだよな」

「車は走らぬが、電車は走る。あやかしたちも目新しいものが好きだからな」

人工物と自然が調和しているこの街は、長屋の屋根が草木で覆われていたり木の幹そのものが家になっていたりと、なんとも不思議な造りをしていた。沢山の住宅がひしめき合うその風景はどことなく江戸時代の長屋を彷彿とさせる。

「カガミの家は……三列目左手、一番奥……と」

そこら中で走り回る子供のあやかしたちの声を聞きながら進んでいく。

そこは巨大すぎる大木の真下にあり、日当たりがあまりよくない場所だった。風が吹くと木の枝が揺れ大量の紅葉の雨が降ってくる。カガミの家の屋根は赤と黄色の落ち葉で彩られていた。

「——カガミ、いるか？」

不用心にも玄関に鍵はかかっていなかった。

そのまま扉を開けると、すぐ目の前で番傘の骨組に紙を貼っているカガミと目があった。

「最近来客が多いな。今度は真澄と黄金……か」

『カガミ、息災か？』

「そんな頻繁に顔を出さずとも、私は変な動きなどしていないよ。今、茶を淹(い)れる」

カガミは罪人の自分が監視されていると思っているんだろう。

呆れてはいるものの嫌な顔はせず、俺たちを優しく招き入れてくれた。

一人暮らしの女性らしく、綺麗で簡素な室内だった。

囲炉裏(いろり)の前に用意された座布団に座り、彼女が淹れてくれたお茶で一息つく。

「それで、なんの用だ？」

「いや、カガミがどうしてるか気になってさ」

「……本当に、それだけか？」

長い前髪の間から、見透かされるような美しい瞳と目があった。

下手に隠し事をしても勘ぐられるだけだとは思いつつも、俺は中々切り出せずにいた。

俺が、カガミを殺すなんてことおいそれといえるはずがない。

「もしかして、ふたばの身になにか!?」

余程俺が不安そうな表情をしていたんだろう。別の方向に勘ぐったカガミが勢いよく立ち上がる。

「いや、違う。大丈夫。ふたばちゃんは元気にしてるよ」

宥(なだ)めながら即答すると、カガミはほっと息をついて座りなおした。

「もどかしい男だな。いいたいことがあるならさっさといいなさい」

「怒らないで聞いて欲しいんだけど……」

「事と次第による」

そりゃそうだ。俺は一つ深呼吸をして覚悟を決めた。

「――カガミが妖魔になる夢を見たんだ」

そして俺は見た夢の詳細を包み隠さずカガミに話した。

彼女は驚きながらも至って冷静に最後まで俺の話に耳を傾けてくれていた。

「……話はわかった。だが、あくまでもそれは真澄が見た夢に過ぎないだろう。夢に怯える気持ちもわかるが、心配しすぎではないか？」

『それがただの夢であれば、我らもここまで来ていない』

こがねが首を振りながらカガミを見つめる。

「俺にはこがねから引き受けた千里眼がある。だから、俺が見た夢は千里眼で読み取った未来のことなんだ」

不安がる俺たちをカガミはふっと笑い飛ばした。

「大丈夫だよ。今の私は幽世に暮らす一介の住人。現世やヒトの子に刃を抜く気はさらさらない。偃月院(えんげついん)はともかく、真澄や黄金と戦うつもりは微塵もないよ」

カガミは苦笑を浮かべた。

「……でも、その忠告は覚えておくよ」

「もし、なにか違和感を覚えることがあったらすぐに連絡して欲しい。約束してくれ」

「心得た。私を心配してくれるなんて、優しいヒトの子だな……真澄は」

柔らかな笑みを浮かべるカガミにつられて微笑んだ。

彼女からは敵意を一切感じない。俺もこがねも彼女と戦う気は一切ないし、彼女も同じ気持ちであるなら嬉しいと思った。

「会えてよかったよ。突然押しかけてごめんな？」

「いや。私もずっと一人だから、誰かと話せてよかった。またいつでも遊びにおいで。ヒトは嫌いだけど、貴方たちなら歓迎する」

そうしてカガミは玄関まで来て送り出してくれた。

ふと空を見上げる。黒いどんよりとした厚い雲が空を覆っていた。

「……もうすぐ雨が降るかもしれないね。これ、持っておいき。私の手作りだ」

カガミがつくっていた番傘を差し出してくれた。

「ありがとう。大切にするよ」

『カガミも達者でな』

そうして見送られながら俺たちは陸番街を後にした。

彼女がいったとおり、壱番街の駅に着いた頃丁度雨が降り出した。大きな傘を広げ歩いて行く。

『美しい傘だな』

綺麗な紅色の蛇の目傘。薄暗い幽世の中で、カガミがつくった傘は花が咲くように目立っていたと思う。

そうして本部に戻るとそこには戸塚さんの姿はなかった。雨に打たれたヒバナさんと百目鬼ちゃんがタオルで体を拭きながら、戸塚さんは部屋にいると教えてくれた。

「戸塚さん、西渕です。帰りました」

「ああ、入れ」

屋敷の奥にある戸塚さんの私室に向かった。

パソコン作業をしていた彼は手を止めて、俺たちを迎え入れてくれる。

「カガミの様子はどうだった？」

『特段異変はない、いつも通りだった』

「……俺の気にしすぎだったかもしれません」

「それならばいいが、用心しておくに越したことはないよ」

これを渡しておこう、と戸塚さんが引き出しから小箱を取り出した。

「これは？」

「お香だよ」

掌に載せられた小さな桐の箱。中を開けてみると、ふわりと花のような良い香りが漂った。

「連日悪夢に魘されれば睡眠にも影響が出るだろう。それを焚くと良い夢が見られる。都内で買ってきたんだ」

「へぇ……とっても良い匂いですね」

「俺も気に入っている。試してみるといい」

「ありがとうございます」

そうして俺は戸塚さんの部屋を後にして自分の部屋へと戻った。

こんなにのんびりした休日は久しぶりだ。畳の上にごろんと寝転ぶ。

「こんなに平和でいいんだろうか」

『不安になる気持ちもわかる。だが、平和なことは良いことだよ。最近其方、ロクに眠れていないだろう。早速焚いてみたらどうだ？』

こがねに勧められ俺はさっそくもらったお香を焚いてみることにした。

お香なんて使うのは生まれて初めてだ。こがねが持っていたという道具を借りて焚いてみる。

まっすぐと煙が上がり、上質な花のような香りが部屋一杯に広がる。

「すっげぇ高級そうな匂い」

『これは良い夢が見られそうだな』

にんまりと笑って二人で寝転ぶ。昼寝をするなんていつ以来だろう、なんて思いながら気付けば二人で眠りに落ちていた。

どんな夢を見たかは忘れてしまったけれど、幸せな気持ちになるような、不安な気持ちを吹き飛ばしてくれるような……そんな良い夢だったと思う。

＊　＊　＊

事件が起きたのはそれから数時間後のことだった。

「マスミ、コガネッ！　早く起きろ！」

「……あ？　三海？」

「呑気に眠りこけてる場合じゃねえぞ！　やべぇことが起きてる！」

ぐっすり眠っていたところを三海にたたき起こされた。その後ろには神妙な面持ちの九十九さんとしろがね。

僅かに開いた襖の向こうは暗く、いつの間にか夜になっていたらしい。

『揃いも揃ってどうしたのだ。騒々しい』

「幽世近くに大勢のヒトの子の気配を感じるんだ」

「おまけに現世から沢山の子供が一斉に行方をくらましたらしい」

しろがねと九十九さんの声が重なった。

回らない頭でもただ事じゃないことを認識し、俺たちは慌てて起き上がる。その瞬間、両目に激痛が走った。

「――っ！」

両手で目を押さえる。眼球が小刻みに痙攣（けいれん）しているのが伝わってきた。

目を閉じているはずなのに、映像を無理矢理見せつけられた。千里眼が何かを察し俺たちに知らせようとしているのだろう。

視界に映るのは現世、東京都。建ち並ぶビル、華やかな街並みから察するに六本木辺りだろう。地上を見下ろしていたはずが、段々とズームしていくように地下深くに潜っていく。

――不気味な薄暗さ。ここは地下鉄のホームだろうか。

この人気のなさはきっと終電後。電車もなければ駅員の姿も見えないそこにはなんともいえない不気味さがあった。

（――な）

まばたきを一つ。場面が変わった。

誰もいなかったはずのホームに沢山の子供たちが手を繋いで横一列に並んでいた。
（こんなところで、なにを）
声は出せなかった。俺はただ、その光景を客観的に見ているにすぎない。
十歳前後の少年少女たちは虚ろな瞳でその線路を真っ直ぐ見下ろしている。
『せぇの』
次の瞬間、子供たちは息をあわせて手を繋いだまま線路の上に飛び降りた。
そのタイミングで駅員がホームの見回りにきたのか、血相を変えて駆け寄ってくる。
『君たち一体どこから入ってきたんだ!? 早く上がってきなさい！』
だがその声は子供たちには届いていないようだった。
駅員は慌てながら無線を使って仲間と連絡を取り合っている。
その時、ホームは真っ暗になった。停電のようにふつりと照明が落ちたのだ。
『──かごめ、かごめ』
真っ暗闇の中で子供たちの不気味な歌声が響き渡る。
停電は一瞬だったようで、すぐにホームに明かりが灯った。
『君たち、そこは危ないから！ 遊んでないで早く上に──』
尻すぼみになった駅員の顔から血の気が引いていく。
線路の遠くから差し込む光。音をあげながら猛スピードで近づいてくるのは電車だ。

『なんでだ!?　終電は終わってるはずだ！　回送車が来るのはまだ先だろ!?』

駅員は大慌てで非常ボタンへ走る。

『逃げろ！　ホームの下に！　早く！』

けたたましい警報音が鳴り響く中で駅員は必死に声を張り上げた。

電車の勢いは衰えず、子供たちも動じない。

手を繋いだまま電車に背を向けるように立っていた。

『後ろの正面、だあれ』

子供たちが笑った瞬間、駅員たちは目を覆った。

電車が通り過ぎるけたたましい音と風。

『──なっ』

それらが全て消え、駅員が恐る恐る現実を見たとき──そこにいたはずの子供たちも、そして走り抜けた電車も忽然と姿を消していた。

まるで最初からなにもなかったかのように、ホームは静寂に包まれていた。


「──やめろっ！」

俺は前に手を伸ばしそのまま倒れ込んだ。

目の前には畳の目。声も出せるし、体も動かせる。現実に戻って来られたようだ。

目が心臓みたいに激しく脈打っているが、そんなこと構っている場合じゃない。

「西渕、なにを見た」

いつの間にか現れていた戸塚さんが神妙な面持ちで俺を見た。

「六本木の地下鉄で、子供たちが電車に轢かれて姿を消しました……電車ごと」

「幻影電車か……」

俺の話に戸塚さんは眉を顰めた。

「なに、稔(みのる)さん。幻影電車って」

「かつては『偽汽車』や『幽霊機関車』と呼ばれていた。そこに存在しないはずの電車が線路を走り抜ける現象のことだ。電車に轢かれて死んだ狸や狐が見せる幻ともいわれている」

「それが消えた子供たちと関係が？」

首を傾げる九十九さんに戸塚さんが頷く。

「恐らくその子供たちは幻影電車に乗ってこちらに来るつもりなのだろう」

「なんで六本木の地下鉄でそんなことが……？」

「大江戸線六本木駅は東京で……いや、日本で最も地下深くにある駅。つまり、一般人が容易く入れる場所の中で最も、幽世に近い場所だ」

戸塚さんの表情には焦りの色が見えていた。

「六本木ということは、子供たちが現れるとしたら伍番街の可能性が高いな。三海と九十九はすぐに――」

その瞬間、ずしんと地面が揺れた。

『地震かっ!?』

かなり大きな地震だ。屋敷の中がぐらぐらと揺れており、柱が軋む音が聞こえる。立っているのもやっとな大きな揺れ。

揺れが収まると同時にヒバナさんと百目鬼ちゃんが部屋に駆け込んできた。

「――稔、大変よ！」

「壱番街の二カ所、そして玖番街の結界が何者かに破られたのが見えました！」

「……なんだと？」

立て続けに入ってくる情報。状況を呑み込む間もなく、今度は戸塚さんの携帯が鳴った。

「どうした不動。今こちらは立て込んでいて……わかった。一度スピーカーにするから、君の口から状況を説明して欲しい」

相手は不動さんだったようだ。戸塚さんはすぐにスピーカーをオンにして携帯を俺たちに向ける。

《先程零時五十分過ぎ、港区六本木。地下鉄大江戸線六本木駅にて幻影電車が現れ、

行方不明となった少年少女十五名を乗せ姿を消したと駅員から情報が入った》

「それはこちらでも把握している。先程、幽世壱番街並びに玖番街の結界が破られたと部下が検知した。それに関しての情報はあるか」

《こっちでも情報処理が追いついていない。だが先程、警察の方に市民から通報があった。中央区日本橋にある地下鉄日比谷線茅場町駅、並びに同線築地駅。そして東京メトロ東西線高田馬場駅の三駅で十歳前後の少年少女数名が目撃されているとのことだ》

「それって……まずくない？」

九十九さんの笑みが引きつった。

それと同時に戸塚さんは東京都の地図を広げ、いわれた場所に印をつける。

「っ……子供たちは鬼門を開くつもりか！　今の地震もその影響だ！」

《ああ、ちょっと待て。今連絡が入った。またすぐに折り返す！》

そういって不動さんは一方的に電話を切った。

戸塚さんは苛立つように舌打ちをして髪をかきあげている。

「鬼門が開かれるってどういうことですか？」

「ああ……西渕はまだ知らなかったな。現世と幽世の境界を守るべく、強い結界を張ってあるんだ。その結界を破られると、境界は揺らぎ鬼門が開かれる。先程不動が話していた三駅に結界を張るための物が置かれているんだ」

「それが開かれたらどうなるんですか？」

「現世と幽世、二つの世界に災いが及ぶ。江戸幕府ができて都が東京に移されてからの四百年あまり、それは破られることはなかったため、ただの都市伝説として噂されていた程度だったが……」

今まで流れていた穏やかな時間が一瞬にしてひっくり返った。張り詰める空気に九十九さんが大きなため息をつく。

「真澄くんが見た、六本木駅で消えた子供たち。不動サンの話の中にも子供がいたけど。これ……怪しくない？」

「誰かがガキんちょを操ってるってことか？」

「そうだろうね。普通の子供が鬼門の開き方を知ってるわけないし、それを開いて得をする奴が仕掛けた罠、かもしれない」

九十九さん、三海、しろがねが意見を出しあう中で、こがねが神妙な面持ちで考え込んでいる。

「こがね、どうした？」

『いや……私の考えすぎかもしれない。そんなはず、あるわけがない』

「なにか犯人に心当たりがあるのか？」

苦しそうなこがねに戸塚さんは目を向ける。

みんなの視線が注がれる中で、こがねは重い口を開いた。

『真澄が見ていた夢。あれが先見だとしたら……関わっている可能性のある人物がいる』

俺と戸塚さん以外のみんなは不思議そうに首を傾げた。

そして俺たちはある一つの可能性にたどり着く。いや、まさか、そんなはずはない。

「……カガミ」

戸塚さんと声が重なった。

『考えたくはない。だが、現世のヒトの子に関われるあやかしがいるとすれば……カガミしか考えられない！』

「それは有り得ないだろ！　だって、カガミは俺たちと戦うつもりはないって」

『それすらも、偽りだとしたら……？　カガミはふたばを哀れみ、彼女を無理矢理この世界に連れてきて、共に暮らそうとしていたら？』

こがねの言葉に俺はなにもいい返せなかった。

可能性はゼロじゃない。でも、カガミがそのためにここまでするとはどうしても思えない。

「っ、ここでいい争っていてもラチがあかない。三海、今すぐカガミの様子を見にいってくれ！　杞憂であればそれでいい！」

「わかった！　百目鬼、頼んだ」

難しくことを考えない三海に戸塚さんはすぐに指示を出し、百目鬼ちゃんの力で彼をカガミの家に転移させた。

「真澄くんが見た夢ってどういうこと？」

「戸塚さんには話していたんですけど。俺がカガミを殺す夢を何度も見ていたんです」

「なんだよそれ」

そのとき、戸塚さんの携帯が再び鳴った。

「不動、進展はあったか」

《ああ、さっき報告した三駅で子供を確保した》

「結界は」

《——全部破られていたよ。現在、結界を張り直している真っ最中だ。幽世でも妖魔どもの動きに警戒してくれ》

「承知した」

会話をしながら戸塚さんはヒバナさんに目配せをした。するとヒバナさんは指先をかざす。

「いっておいで子供たち。任せたわよ――」

そこに現れた分身である小蜘蛛に命令して、ふっと息をかけるとそれらはどこかに散っていくように消えていった。

戸塚さんも行動に移るため急ぎ電話を切ろうとしたとき、それを不動さんが止めた。

《戸塚、一つ確認したいことがある》

「なんだ」

《保護した子供たち、全員共通点があったんだ。全員、養護施設で暮らしている身寄りのない子供だ。守られているはずの場所で、そいつらはみんな一斉に施設を抜け出し、てんでバラバラに異なる場所にいた。よく聞いてみたら、なんで今自分がここにいるかもわかっていなかったんだ》

「……どういうことだ」

《それで、子供たちに詳しく聞いたら、こういったんだよ『ふたばちゃんにいわれた』って》

開いた口が塞がらなかった。

戸塚さんまでも目を丸くして、言葉を失っている。

《ふたば――神崎(かんざき)ふたばは、先日幽世に迷い込んだ少女だろう。一体全体なにが起きてるんだ》

「……現在、神崎ふたばはどうしている」

《行方不明だ。幽世の祭りの日を最後に、養護施設から姿をくらましたらしい》

「何故それが今までわからなかったんだ！」

《昨日の今日まで誰もが神崎ふたばのことを忘れていたんだ。まるで記憶を消されたみたいに！》

　寒気がした。目眩がして今にも吐きそうになった。

『――おう、聞こえるか？』

　不動さんとの通話が切れた直後、ヒバナさんの目の前に現れた小蜘蛛から三海の声が聞こえた。

「三海。カガミは――」

　そう尋ねるヒバナさんの声は酷く震えていた。

『家にはいなかった。もぬけの殻だ』

　聞きたくない言葉が聞こえてきた。

「……カガミ様とふたばちゃんが通じていたということですか？」

　百目鬼ちゃんの重い言葉に俺は首を振った。

　嫌な予感が確信へと変わりそうになっていく。嫌だ、そんなの認めたくない。

「――っ、くそ！　千里眼開眼！　索敵開始！」

俺は中庭に飛び出して地面に両手をついた。

千里眼を開き、カガミとふたばちゃんを捜す。

カガミが関わっているはずがない。彼女がふたばちゃんを危険に晒すようなこと絶対にするはずがない。ふたばちゃんだって、現世での暮らしは楽しいといっていた。いつか幽世に来るために、ここでの思い出を忘れないために、絶対に秘密を守るといっていた。

血眼になって、幽世中をぐるぐると捜し回る。どこだ、二人はどこにいる。

『真澄、落ち着け！　無理に力を使っては、其方の脳が焼き切れる』

うるさい。今はそんなこと、気にしてる場合じゃないんだ。

不動さんがいっていた駅の周辺――いない。

なら、六本木の真下は？　幻影電車が子供を運んだ先――伍番街。

「――いた。見つけた」

電車が一両、伍番街の駅に停まっていた。

その中には子供たちが乗っている。そこにふたばちゃんの姿があった。

「ふたばちゃんはいます！　幻影電車の中に！　他の子供たちも全員！」

「――すぐに行くぞ！」

戸塚さんや九十九さんは既に武器を手にしていた。

　そして戸塚さんの命令を受け、百目鬼ちゃんは急いで目隠しを外す。

「現世東京都港区六本木直下、幽世伍番街――飛ばしますっ！」

　百目鬼ちゃんが叫んだ瞬間、転移がはじまる。

「こがね。俺が見た夢を絶対に現実にさせない。未来は変えられる……！」

『ああ……そうだな』

　俺たちは顔を合わせ力強く頷く。

　転移が終わると、俺たちは伍番街の駅のホームに立っていた。

　目の前には大江戸線の赤い先頭車両だけが停まっている。その周りを囲むように柄の悪そうなあやかしたちが群がっていた。

「西渕、中に子供たちはいるか？」

「――ええ、います。全部で十四人」

　千里眼を使って車両の中を透視する。

　車両の中央で十四人の子供たちが手を繋いで輪になっていた。

「いや――十五人です」

　その輪の中央に誰かがしゃがんでいる。女の子だ。

「おら、どけどけ野次馬ども。人間に手を出したら偃月院にしょっぴかれるぞ！」

　三海が怒鳴りながら野次馬たちを追い払ってくれる。

幾ら伍番街の荒くれ者たちといえど、偃月院は恐ろしいようだ。蜘蛛の子を散らすように消えていった。

三海が一人で電車の重い扉を開けると、俺たちは急いでその中に入る。

「——なにを、しているんだ」

異様な空気に全員が息をのんだ。

俺がさっき見たとおり、車内の中央では十四人の子供たちが輪になっていた。詰め寄っているその子たちのすき間から、中心に座っている子が見えた。

「君たち、大丈夫？」

九十九さんが声をかけるが子供たちの反応はない。

虚ろな瞳でじっと中心を見つめている。一人一人顔を見るが、たしかにふたばちゃんの気配があったというのに彼女の姿が見当たらない。

「まさか……」

嫌な予感がして、輪の中心を覗き込んだ。

「——ふたば、ちゃん？」

彼女はそこにいた。円の中心でしゃがんでいた彼女はゆっくりと顔をあげる。表情からは感情がなにも読み取れない。不気味なくらい真顔で、口元にだけゆっくり笑みを浮かべていく。

「うしろの正面、だあれ」

ふたばちゃんがそう歌った瞬間、彼女を取り囲んでいた子供たちが一斉に倒れた。

「――っ!?」

慌てて周囲を確認する。あやかしはいない。外から攻撃を受けたわけじゃない。倒れた子供たちは目を開けたまま意識を失っている。まるで魂でも抜かれたように。

「心配するなよ。まだ、死んじゃいない」

聞き覚えのある声が、聞いたことのない口調で話している。輪の中心でふたばちゃんが一人だけ立っていた。可笑しそうに周囲の子供たちを、そして俺たちを見つめている。

『其方、ふたばではないな。何奴』

「誰って……カミサマだよ。ずっとふたばと一緒にいたじゃないか」

さも当然のようにそれは笑った。

「ふたばちゃんにはなにも憑いてなかったぞ」

「当たり前だよ。見えるはずがない。だって、ふたばは私で、私はふたばなんだから」

「ふたばちゃんの体を乗っ取っていたのか!」

「人聞きの悪い。同意の上だよ。優しいふたばは数ヶ月前、死にかけた私にいていいよ、といってくれたんだから」

にこにこと嬉しそうに笑っているが、そこにふたばちゃんを案ずるような感情は見えなかった。

「それに、はじめましてではない。私たちは以前、この場所で会っているだろう。私の姿形は違っていたがなぁ……？」

「お前、まさか土蜘蛛の中にいた……」

そういうと、ヤツはにやりと笑った。

花火大会の夜、長い眠りから目覚めた土蜘蛛の体の中から取り出された小さな繭。

まさかカミサマの正体は――。

「テメェがガキんちょを殺したのか」

「未来ある愛おしいヒトの子を殺すわけがないだろう。でも、彼らは親に捨てられた哀れな子供たち。ここで死ぬのも幸せか？」

「――全員下がれ！」

ヤツが試すように俺たちを見あげた瞬間、戸塚さんが刀を抜き前に出る。

その体がふたばちゃんであるのにもかかわらず一切の躊躇（ちゅうちょ）なく、切っ先をソイツの首筋に突きつけた。

「ふぅん、やはりお前の目は誤魔化せないか。相変わらず恐ろしい人間だな、戸塚稔」

「――っ」

その言葉に九十九さんは何かを察したのか鉄パイプを振りかぶって駆け出した。

「……おにい、ちゃん？」

ふっとふたばちゃんの自我が戻る。九十九さんは彼女に向かって手を出せず、慌てて飛び退いた。ぼんやりとしているふたばちゃんは瞬きを一つ、にやりと笑った。

「これだから人間は馬鹿だよなあ！　まぁ……今の私じゃ長時間外に出ることは難しい。保険をかけておいてよかったよ」

じゃあね、とヤツが指を鳴らした瞬間ふたばちゃんは意識を失いぐらりと倒れた。彼女を受け止めたしろがねが脈を確認している。

「死んでない。眠っているだけだよ」

その言葉に全員が安堵する。瞬時に九十九さんが戸塚さんに詰め寄った。

「戸塚さん！　今の、アイツは！」

「ああ、わかってる。すぐに偃月院と本部に連絡して緊急配備を敷いてもらう。それに、まずは子供たちの安全を――」

その刹那。空から弾丸が降ってきた。

「うわっ！」

なにが起きたかわからないが、突然白銀が飛んできたので咄嗟に受け止める。

「――守護円陣展開！」

俺たちの前に出た三海が防壁を張ってくれる。丁度俺たちの真後ろには倒れている子供たち。だが、しろがねの腕にふたばちゃんはいなかった。

『白銀、ふたばは!?』

「わからない！　いきなり奪われた！」

こがねに問われたしろがねは首を横に振る。

土煙が晴れ、少しずつ視界が広がってきた。

「……雨？」

天井に開いた大穴から雨が降ってきていた。穴の丁度真下にふたばちゃんを抱きかかえた誰かが立っている。番傘をさした髪の長い女性。

「――嘘だろ」

その場にいた全員が息をのんだ。

そこに立っていたのは姑獲鳥（うぶめ）のカガミだったのだから。

「カガミ、どうしてここに!?」

「お前たちが、ふたばを巻き込んだからだ」

鋭い瞳が俺たちを射貫く。白目は黒く、瞳は赤く光っていた。

全身を覆う暗い闇のオーラ。これは――。

「妖魔に堕ちたか、カガミ――」

戸塚さんが悲しそうに下ろしていた刀を構えなおす。

「どうしてだカガミ。俺たちと戦う気はないって、いってただろ！」

「お前たちが、ふたばを巻き込んだ。あんな者にカガミは奪われた！　お前たちのせいだ。お前たちさえ殺せば、ふたばは……っ！」

カガミは閉じた傘を天に伸ばす。降り注いでいた雨の滴が制止した。

「くるぞ！」

「弾けろ――氷雨」

「っ――守護円陣展開！」

雨の滴が弾丸のように向かってくる。再び三海が防壁を張るが、かなり押されているようだ。

「子供が……」

後ろのほうにいる白銀が振り返った。倒れている子供たちに流れ弾が襲いかかるも、その体に触れた瞬間その弾は水滴となって彼らの頬を僅かに濡らしただけ。

「ヒトの子に罪はない。私は子供は傷付けない。死ぬのはお前たちだけだ」

「おい、マスミ！　なにが起きてんだよ！」

このままじゃもたねえぞ、と苦しそうに三海が叫ぶ。

「わからない！　ふたばちゃんを乗っ取っているヤツがカガミを操ってるんだ！」

「戦うにしても狭すぎるよ。このままじゃ蜂の巣にされるだけだ」

九十九さんが隙を窺おうとするも、カガミの攻撃に隙はない。

三海の防壁が破られれば確実に俺たちは死ぬ。

「カガミ、目を覚ませよ！　俺たちだってふたばちゃんを助けたいんだ！」

俺がそう叫ぶとカガミの動きが一瞬止まった。

ふと、その視線が腕の中にいるふたばちゃんに下ろされる。眠っていた彼女の瞳がぱちりと開いた。

「今さら情が湧いた？　ふぅん、この子どうなってもいいんだね？」

呪いをかけるようにふたばちゃんの顔をした悪魔がほくそ笑んでいる。

「私が！　私が彼らを殺せば、ふたばは解放してくれるんだな」

「最初からそういってる。早く終わらせてよ。私は……そんなに気が長くない」

にこりと笑ってヤツは自分の首を絞めはじめた。

その瞬間、カガミははっとしてふたばちゃんをその場に下ろし、俺たちに襲いかかってくる。

「――っ、くそ！」

「おい、マスミ！」

俺はたまらず三海の防壁の外に飛び出し、カガミの傘を腕で受け止めた。

「俺たちを殺せばふたばちゃんを解放するなんて、そんなの嘘に決まってるだろ！　お前頭良いくせにわからねぇのか!?　目ェ覚ませよ！　カガミ！」

「マスミ……このバカッ！」

しろがねたちが呆れたように加勢しようとする。するとまたヤツがにやりと笑った。

「あー、お前たちの相手はこっちね」

ぱんぱん、と手を叩くと天井の穴から大量の妖魔たちが降り注いできた。

丁度俺とカガミを分断するような形で。

「いいところを邪魔されたら困るんだ。がんばれがんばれ、人間たち」

ヤツは一人で楽しそうに笑っている。

「西渕！　黄金！　カガミを頼めるか！」

「はいっ！　戸塚さんたちは妖魔と子供たちをお願いします！」

『ここは私たちがなんとかする！』

二手に分かれて行動を開始した。

恐らく向こうでは戸塚さんや九十九さんが暴れ回っているのだろう。あちこちから窓硝子が割れる音がして、妖魔たちが外に飛び出していくのが見える。

「よそ見なんて余裕だな……半妖ごときが私に勝てると思っているの？」

「うわっ！」

隙を突かれて俺は傘で思い切り腹を打たれた。

座席に思い切り体を打ち付け咳き込む。ふたばちゃんがいたはずの場所を見ると、彼女はどこかに姿を消していた。

「甘い！」

「っぐ──」

傘で押さえつけられるように腹部を突き刺された。口の端から血が垂れる。

「俺は……お前とは戦いたくない！」

「私はお前と戦わなければならない」

冷たい目で見下ろされる。女性とはいえ彼女はあやかしだ。俺よりもよっぽど強い。

『──私の力をつかえ、真澄。戦うしかない』

頭の中でこがねの声が聞こえた。

すぐ隣では妖魔が暴走している音が聞こえる。

「カガミ、本当に良いのか!?　このままじゃみんな死ぬ！　お前だって死ぬ。子供だって死ぬかも知れない。お前、子供が大好きだったろ！　子供たちが笑ってくれていればいいいって！」

「ふたばが死んでは意味がない！　もう私は娘を失いたくはないんだっ！　子を持た

ない、貴様に……子を失う苦しみがわかってたまるものか！」

悲痛な叫びは衝撃となり窓硝子を四散させた。

カガミの覚悟は本物だった。彼女はふたばちゃんを助けるためなら自分の命さえも捨てる。自分の意思で堕ちたんだ。なら、俺はそれを止めるしかない。

『それでいい。私は其方に、力を貸す。カガミを共に止めよう』

その時、俺の周囲にふわりと風が舞い上がった気がした。

カガミが咄嗟に距離を取る。

腹の傷が消えていき、全身に力が込み上げてくる。

『其方の中に宿る私の妖力と、其方自身の妖力を同調させる。私たちの結びつきが深くなったからこそ、できることだ。目を閉じ、祈れ、真澄』

「――憑依。こがね、お前の力を俺が使おう」

閉じた目を開けたとき、世界は変わっていた。

俺は体に妖気を纏う。妖気は狐の耳と尻尾を模(かたど)り、目は金色に輝き、そして顔には隈取(くまど)りの模様が浮かび上がる。

『私たちは二人で一つ。今のお前はほぼあやかしに等しい存在となった。あまり長くはもたんぞ。すぐに決めろ』

「――わかった」

頭が鮮明だ。視界も明るい。これが、黄金が本当に見ていた世界なのか。

「私を止められると思うな！　氷雨！」

カガミも本気のようだ。雨の弾丸が向かって降ってくるけれど、俺にはそれが止まって見えた。

「舐めるなよ、カガミ」

だがさすがに直撃したら不味いだろう。守りを固めるにはアイツの術が一番だ。

「――守護円陣、展開！」

俺は手を前にかざす。妖気の塊が防壁となり、カガミの攻撃から身を守ってくれる。

「マスミてめぇ、オレの術パクりやがったな!?」

遠くから怒鳴り声が聞こえてきた。別にパクったわけじゃない。参考にさせてもらっただけだって。

「……っ、半妖が！」

「カガミ。お前を救ってみせる」

苛立ち、歯を食いしばったカガミが傘を閉じる。

近接戦に持ち込めれば俺が幾分か有利になるだろう。カガミはすぐに電車の外に逃げ、線路上での戦闘が始まった。

空には厚い雲がかかり、月は拝めなかった。

「……次の一撃で決める」

降り注ぐ土砂降りの雨。全身を濡らしながらカガミは傘を前に突き出した。それに雨の滴が集まり渦巻き、水の刃のような巨大な大剣となった。

「カガミ、お前は本当にそれでいいのか」

その言葉に一瞬カガミの空気が揺らいだ気がした。

「私は……お前たちを殺さないと、いけないんだ。ふたばのために、死んでくれ――」

傘を振りかぶり、カガミは突っ込んでくる。

俺は丸腰のまま、拳を握った。止める。なんとしても彼女を止める。

「――っ」

刃が触れる瞬間、俺はカガミの大剣の妖気を吸い取った。

「真澄、貴方は彼女を救ってくれる?」

耳元でそっと呟かれた。救いを求めるような目が向けられる。ああ、彼女も苦しんでいるんだ。カガミの妖気は俺の腕を取り巻き右腕は刃のように変わっていく。

傘が剝き出しになり、俺がゆっくりと頷いたとき。カガミは微かに微笑んだ気がした。

「――え」

痛みはない。俺の手には何かを貫いた衝撃と、生暖かい感触があった。

千里眼でも予測できなかった。ゆっくりと下を見ると、俺の手はカガミの懐を深々と貫いていた。

「え……カガミ？」

「……ああ、終わったか」

カガミが呟き込むと同時に俺の頬に血がぴしゃりとかかった。

「腕を抜くんだ、真澄。貴方の勝ちだ。貴方が私を呼び戻してくれた」

俺の腕をカガミは自分から引き抜いた。そして力をなくし、俺のほうへ倒れ込んでくる。

『其方、何故――』

「こうしなければ、止まれないと思った。私はもう、これ以上誰も傷付けたくない」

胸の傷を押さえながら、カガミはぽつりぽつりと話していく。

「真澄、お願いだ。ふたばを、助けてほしい」

「あーあ、負けちゃった。つまんないの」

声がして顔をあげると、ふたばちゃんを乗っ取っているヤツがつまらなそうに電車の傍に座っていた。

「……てめぇのせいで」

「なに？　怒ってるの？　敵を倒せて本望じゃない？」

睨みながら近づいてもヤツは怯まなかった。

「誰だかわからねぇが、ふたばちゃんを返せ」

「半妖。君なら簡単にできるはずだよ？　さぁ、やってごらん？」

まるで試すようにヤツは両手を広げて笑って見せた。俺は怒りにまかせてヤツの両肩に手を置いた。身を屈め、小さなふたばちゃんと目をあわせる。

「……ふたばちゃん、帰ろう。カガミが待ってる」

「――そうだ、それでいい。だが、選んだのはお前だよ。西渕真澄」

力を込めた手でふたばちゃんの中に宿るヤツの妖気を吸い取っていく。

ヤツが満足げに微笑んだ瞬間、ふたばちゃんの体から大きな黒い煙がぶわりと飛び出し逃げるように消えていった。

それと同時に雨が止み、幽世に月の光が差し込む。ああ、そうか。今日は満月だったのか。

「……あれ、真澄お兄ちゃん？」

「ふたばちゃん……」

倒れたふたばちゃんの目がゆっくりと開く。間違いない。今度こそ本物のふたばちゃんだ。

「西渕……」

気付けば周囲は静かになっている。背後から戸塚さんの声が聞こえた。そうか、妖魔も片付いたのか。

「アイツは？」

「ふたばちゃんの中から出ていきました。もう、大丈夫です」

九十九さんの声はどことなく辛そうに聞こえた。ふたばちゃんは倒れているカガミを見つけるとふらふらと歩きながらそこにむかった。

「カガミ？」

「ああ、ふたば……」

血まみれのカガミはふたばちゃんを視界に映すと嬉しそうに微笑んだ。

「無事？　怪我は……ない？」

「カガミ……どうして。あたし、あのお祭りの夜、寂しいなって思っただけなの！カガミともう少し一緒にいたかったなあって思っただけなの！　そしたら、カミサマがね。体を貸してくれれば会わせてあげるよって！　あたし……あたし！」

泣きじゃくるふたばちゃんをカガミは宥める。

「ふたばのせいじゃない。貴女はなにも悪くない。悪いカミサマはもういないよ、真澄たちが助けてくれた。だから、ふたばは幸せになれる」

「いやだよ！　カガミと一緒にいたいよぉ……やだよぉ……」

「ふたば……」

カガミはつけていた髪留めをそっとふたばちゃんの手に握らせる。

「私はふたばの傍にいるよ……ずっと一緒だ」

カガミの目から涙が一筋零れた。

「愛しい娘。どうか幸せに……」

ふたばちゃんの頬を撫でた手から力が抜ける。その瞬間、カガミの体は灰のように散り、彼女がさしていた番傘だけがその場に残った。

「――っ」

未来を変えることはできなかった。打ちひしがれる俺を慰めるように戸塚さんが肩に手を乗せてくれる。

ぬるりとした感触。俺の両手はカガミの血で濡れている。これは紛れもない現実だった。

「……とにかくふたばだけでも無事だったんだ。他のガキんちょたちも保護しねぇと」

三海がそういったとき、ふたばちゃんがおもむろに立ち上がった。

カガミの傘と髪留めを握りしめ、涙ながらに叫ぶ。

「みんな、ごめんね。あたしのせいなの！」

「ふたばのせいじゃないよ。キミはなにも悪くない」

しろがねがそういうが、彼女は何度も首を横に振る。

「神崎ふたば。君に取り憑いていた『カミサマ』は君の体を借り、この幽世に来ることが目的だったんだ」

「あれはカミサマなんかじゃない。アレはただの人殺しだよ」

戸塚さんと九十九さんが忌々しそうに眉を顰める。

その瞬間、祭りの時に見た九十九さんの記憶が蘇る。あの口調、あの笑い方。まさか——。

「カミサマの正体って……」

俺がその名を口にしようとしたとき、ふたばちゃんがそれを遮った。

「あたしのせいで、真咲お兄さんが！」

この場で聞くはずのない名前に狼狽えた。

その瞬間、再び空から何かが降ってきた。いや、空から人が墜ちてきたんだ。黒い靄に覆われた人影が。

「あははははっ！　満ちていく、力が満ちていく！　ようやくまともな体を手に入れられた！」

人影は俺たちの前で楽しそうに笑っている。黒い靄はそいつに吸い込まれるように体の中に消えていき、そうしてようやくその人物の顔が見えた。

「――真咲？」

見間違いじゃない。真咲が、俺の弟が目の前に立っている。

俺の知っている顔で、知っている声で。知らない言葉を喋(しゃべ)っている。

「感謝しよう、半妖。お前のお陰で私は新たな肉体を手に入れることができたよ。あやかしを見ることができる、強い力を持った人間。私の理想とする人間を」

「テメエは誰だ!!」

怒りに震え、叫ぶ。ソイツは髪をかき上げながらにんまりと笑った。

「私は神野(しんの)。幽世の二強。そして、今は落月教(らくげつきょう)の長だ。かつての大戦で私の肉体は滅ぼされた。これまで入れ物を変え、時には土蜘蛛の中で力を蓄えながら世に出る好機を窺っていたんだよ」

「なんで真咲なんだ！」

「私はずっと現世を見ていた。そして見つけたんだ。西渕くん。生まれつき邪(よこしま)な者を寄せ付けない兄、それに守られた清い弟。半妖と人間。現世と幽世を繋ぐ特別な存在を」

「俺は、自分の意思でここにいる！」

「でも……見ただろう、兄さん。俺と二人でここで話す、夢をさ」

「お前が真咲を真似るな！」

意地悪く弟の真似をするそいつが許せなかった。

頭に血が上る。怒りのままに俺は拳を握りソイツに殴りかかった。

「真咲を返せ！」

全力で放った拳を神野は意図も簡単に受け止めて笑う。

「暴力的な兄さんだなあ。そんなんだから弟に嫌われるんだよ」

にこりと笑い、神野は俺を背負い投げし地面に叩きつけた。

「西渕！」

「外野は黙ってろよ。一歩でも動いたら、この体も、この半妖も二人ともぶっ殺す」

神野は俺の首を押さえながら、同時に自分の首を絞めていた。

真咲を人質に取られた。だというのに体が全く動かない。

「どれだけ多くのあやかしを取り込もうとも、千里眼だけは手に入らなかった。私はそれが喉から手が出るほど欲しいんだよ。美しい金色の瞳。天狗の力！」

首に力を入れられ、もう片方の手で眼球に力を込められる。

「千里眼があれば、私は恐れるものなどない。霊力に満ちた体と、邪気を跳ね返す力。お前たち兄弟が一つになれば、理想の存在になれる！」

「――っ、真咲ぃ！」

最後の力を振り絞り、俺は真咲の両肩を摑んで思い切り額に頭突きをした。脳を揺らすくらいの強い力だ。

「兄ちゃんが、絶対に助けてやる！」

力を込めた。今すぐこのあやかしを追い出してやる。助ける、絶対に助ける！

ヤツを引き出すように妖力が腕に渦巻く。だが、中々離れようとしない。それでも諦めずに踏ん張っていると鼻血が垂れてきた。

『やめろ真澄っ！　それ以上は其方が持たない！』

「うるせぇ黙ってろ！　真咲は大切な弟だ！　こんなクソ野郎に好きにさせるわけにはいかねえんだよ！」

幼い頃からずっと弟を守ってきた。俺が見えない『オバケ』に怯える弟を守りたいと思っていた。たとえ嫌われても、バカにされても、邪険にされても真咲が笑って暮らせるなら俺はどうなってもいいと、思っていた。

「真咲、戻ってこい！」

真咲に聞こえているはずだ。真咲がこんな奴に好きにさせるはずがない。

「あー……っと、お涙頂戴の茶番劇はもういいかな？」

乾いた笑いが目の前から聞こえた。

「無駄だよ。離れやしないって。だって、これは『西渕真咲』の意思だもん」

「……は？」

力を抜いたその瞬間、頬を思いっきり殴り飛ばされた。

仰向けに倒れたところに思い切り腹を踏み潰されて、息をのんだ。

「俺は、兄さんのそういうところが大嫌いなんだよ。体だけが丈夫な馬鹿のくせに。隠し事なんかできないくせに。俺がなにもできないと思って、守ったフリをしているそういうところがさ！」

「……真咲っ、おまえ！」

「何が守るだ。体の苦しみなんてなにも知らないくせに。お前も、両親も、偽善者だ！」

一言一言、恨みを込められながら踏みつけられる。

「いつまでもアニキ面してんなよ。巻き込みたくないっていいながら散々俺に泣きついてさ、肝心の所は黙りやがって。都合良すぎると思わない？　それでなんとも思ってないのが異常なんだよ。だから、俺は強くなった。兄さんの力なんか、もう借りなくて済むように、ね」

「……真咲」

心が折れる音がした。今のは紛れもない、真咲の言葉だ。

「――出来損ないのアニキなんかもういらないよ。死んじゃえ」

弟によく似た悪魔の微笑みだった。

こがねが必死に俺の名前を呼んでいる気がしたけれど、聞こえやしなかった。ああ、ちくしょう。俺は死ぬのか。でも、弟に殺されるなら――。

「あのさあ、僕らがいるの忘れてない？」

間に割って入った人がいた。鉄パイプが風を切る。

怒りに満ちた眼差しで弟を見つめているのは九十九さん。

「邪魔したら殺すっていわなかったっけ？」

「悪いけど、僕、人の話は聞かないんだ。ねぇ、お前だよな？　妹殺したのは、お前だよなぁ!?」

「妹？」

「忘れたとはいわせねえよ。俺の目の前で、殺したよな。俺のたった一つの宝物を……美沙(みさ)を！」

しばしの沈黙の後、神野はああ、と思い出したように手を叩いた。

「そんな人間いたなあ！　いや、でも今君がここにいられるのは私のお陰でしょう？　妹が死んで、君は強力な力を得た。寧ろ感謝してほしいくらいなんだけど？」

「十年待った。十年だ。僕は……俺は、お前を殺せる日をずっと待ってたんだ」

瞳孔が開ききった九十九さんは楽しそうに笑う。そして神野に襲いかかった。

鉄パイプを力任せに振り下ろす。神野は余裕の笑みを崩すことなく最小限の動きで躱した。

「……強くなったじゃん、恭ちゃん」

「お前が俺をその名で呼ぶな」

目にもとまらぬ連撃が続く。その瞬間、神野は足をもつれさせた。

「おや、まだ完全に体が馴染んでいなかったようだ」

「安心しなよ。馴染む前に終わりにしてやるからさあ！」

その隙を突き、九十九さんは思いきり鉄パイプを振りかぶる。

「全員、構えろ！」

戸塚さんの一声で、全員が武器を構えた。

「目の前にいるのは落月教教祖、シンノだ！　ここで絶対に逃がすな！」

「っ、了解！」

九十九さんが先陣を切り、戸塚さんが刀を構えて突き進む。三海が術を放つ。

「ヒバナ！」

今度は頭上に巨大な蜘蛛の巣がかかった。ヒバナさんの蜘蛛の糸だ。

ヤツの体をからめ捕る。

「動くな！」

しろがねの言霊でさらに敵の身動きを封じた、

「シンノ！　お前をここでぶっ殺す！」

九十九さんと戸塚さんの切っ先が敵に——真咲に振り下ろされる。

「やめろ！」

俺の声に全員の動きが止まった。

「やめてくれ！　真咲を殺すな！　たった一人の、弟なんだ……！」

「——っ」

歯を食いしばる九十九さん。鉄パイプを持つ手が震えていた。

「情、馴れ合い。本当に哀れな生き物だね、人間は。そういうところが大っ嫌いだよ」

にやりと笑い神野は手を叩く。

その瞬間、衝撃波が走りヤツの近くにいた全員が撥ね飛ばされた。

「——な」

瞬き一つで世界は変わった。

神野を中心に抉られた地面。俺の前には戸塚さん、九十九さん、三海、しろがね。

仲間たちが全員倒れていた。

「俺が……」

全身から血の気が引いていく。

俺のせいだ。俺が止めたから。俺のせいでみんなが。

「そう。全部、お前のせいだよ。兄さん」

目の前に佇む青年が、顔を近づけて真咲と同じ顔で笑った。

「――あ」

思わず、弟の首に手を伸ばした。

こいつをここで止めないと、俺のせいでまた人が死ぬ。

「ははっ、いいよ。もっと怒れ。負の感情に身をゆだねろ」

するどい爪が神野の首に喰い込んだ。

逃さない。俺ガ、殺ス――。

「っ、るさいよ！」

俺たちの間に割りいるように飛んできた鉄パイプが地面に深く突きささった。

その方向を見ると、頭から血を流した九十九さんが足を引きずりながら歩いている。

「九十九さ……」

「真澄くん、そいつの話をまともに聞いたらダメだよ。弟くんを殺しちゃいけない」

「君のせいではない……そう簡単に倒させてくれる奴ではないからな」

あとに続くように戸塚さんが瓦礫（がれき）を捲（めく）って起き上がる。眼鏡はひび割れ、片腕がぶらんと力なく下がっている。

「こっからが本番だっての。特務課舐めんじゃねえぞ、クソ野郎」

「人を散々弄んどいて、逃がすわけないでしょ」

三海としろがねが俺の前に立ち塞がる。

『ゆくぞ、真澄。己が立つべき場所を見誤るな』

頭の中でこがねの声がした。

そして顔をあげると、みんなが俺に向かって手を差し伸べてくれていた。

ああ、俺は一人じゃない。

「ちぇっ、もう少しだったのに。俺には仲間がいるって？　友情、努力、勝利なんて暑苦しすぎるんだよ」

まるで人の心を覗き込むように、神野は笑った。

軽く、その場から駅の高台に飛び上がり、月明かりに照らされながら両手を掲げる。

「集え、皆の者。私は還（かえ）ってきた」

その瞬間、神野の後ろに沢山の妖魔が現れた。彼の傍に控えるのは五人の妖魔たち。その中には夜叉丸（やしゃまる）と四木（しき）の姿が見える。きっと落月教の幹部だ。

「よく聞け偃月院。そして偃月院の犬たち。落月教は今ここに復活した。またあの頃のように楽しく殺し合いをはじめよう。私たちは月を墜とし、現世と幽世を一つにする！　せいぜい足掻け、皆の者」

そして神野は手を叩くと、忽然と姿を消した。

殺気が消え、静けさが戻った幽世の街。

周囲にはがれきの山、倒れた子供たち。

失ったものはあまりにも多すぎた。

「……大丈夫？」

一番最初に動いたのは九十九さんだった。俺に近づいて手を差し出してくれる。

「すみません。アイツは……九十九さんの敵だったのに」

「いいよ、僕だってきっと同じことをしたさ。誰が悪いわけでもない」

それでも九十九さんの顔は苦しそうだった。

「戸塚さん、真咲はどうなるんですか」

「君の弟はまだ生きている。一度体を乗っ取られたふたばも助かった。策はあるはずだ。だから……今は休め」

『――すまない、真澄。もう、限界だ』

「こがね？」

こがねがそういった瞬間、変化が解けた。俺は体に力が入らずそのまま倒れる。

受け止めてくれたのはしろがねと三海。二人とも悲しそうな顔をしながら、俺の背中をとんとんと叩いてくれた。

「妖気が乱れすぎだ。いつ、死んでもおかしくないよ。黄金も真澄も無茶しすぎなんだよ」

「誰もお前一人に抱えさせはしねぇよ。オレたちも一緒にいるから」

「……ああ」

失意と共に、満身創痍の俺たちは本部に帰還する。

こんなに悲しくて辛い気持ちになるのは初めてだった。

――二〇二X年十一月。現世と幽世の平穏は打ち破られた。

落月教教祖・神野は東京都在住の大学生・西渕真咲の体を乗っ取り復活を果たす。

これにより偃月院と落月教の激しい戦いの火蓋が切られることになる。

＊　＊　＊

あれから半月が経った。

幽世に迷い込んだ子供たちは無事保護され、ふたばちゃんも長い事情聴取が終わり、ようやく現世に戻った。

みんなが少しずつ日常を取り戻していく中で、俺はまだ先に進めずにいた。

真咲がいなくなったと報せた時の、両親の悲痛な顔が頭から離れない。

俺は本部から離れて陸番街にいた。カガミの自宅の真上にある大木。その根元に彼女の墓があったからだ。

といえども、中に埋まっているのは僅かな灰と着物の端切れだけ。彼女の形見は全てふたばちゃんに託された。彼女はきっとカガミの思いを背負って生きていくだろうから。

『カガミ、ふたばは先程、無事に現世に帰った。怪我もない』

二人で墓前に手を合わせ、報告をした。

「強い子だよ。あれだけ辛い目にあったのに、記憶を消すことを選ばなかった。カガミのことは絶対に忘れないって、全て覚えて、生きていくって」

手を合わせながら呟いた。九歳で重いものを背負いすぎた。それでも彼女はそれを背負って生きていくと決めた。凄い覚悟だと思う。

『——真澄』

「こがね」

人間の姿になった彼女が隣に座る。

「其方の怪我はどうだ？」

「んー、まあまあ。まだ体は動かしづらいけどな」

こがねが俺の手を握る。その表情はどことなく悲しげだ。

『私たちは一心同体だ。だから、真澄の気持ちは痛いほど伝わってくる。だから……だから、真澄』

「うん」

真咲がいなくなっても、カガミがいなくなっても現世と幽世は変わらない日常が続いていく。心に重い枷をつけられたのは俺だけだとあざ笑うみたいに。

『真咲のこと、必ず助けよう』

こがねが強く手を握りしめる。

「こんなこと、私がいえた義理ではないが……真澄の苦しみは私も抱える。真澄が、私の苦しみを分かち合ってくれたように。私も、真澄を支え、そして共に生きたい」

「ありがとう、こがね」

俺を見つめる金色の瞳。彼女に、巻き込まれ、支えられ、そして救われた。

『私を、恨むか？』

「恨まないよ。誰も恨まない。これは仕組まれたわけじゃない。俺が、俺自身で選んで切り開いた道だから」

俺は一人じゃない。辛い思いをしてきたのは俺だけではないと知っているから。

同じ思いを抱えた仲間がいる。彼らとなら乗り越えられると信じている。

ふと空を見上げると、雪がちらつきはじめた。

「東京に雪が降るなんて珍しいな」

『今日は特段と冷えるからな。空も、どことなく暗い』

今の幽世は狂気と狂喜で満ちている。

落月教の復活により月が墜ちると騒ぐ者もいる。大してなにも変わらずいつも通りに過ごす者もいる。

『真澄、黄金。陸番街に妖魔が出た。そこから近いから向かって！　すぐにボクも行くから』

しろがねからの連絡だった。

「行こう、こがね」

『うむ』

妖魔は一段と数を増し、現世での事件も増えてきた。

そんな非日常は段々と日常となり、今日も幽世は賑やかな時間が過ぎていく。

季節は冬、年は暮れ、間もなく新しい年がやってくる。

俺たちの戦いは幕を開けたばかりだ。

余話　戸塚稔の一日

幽世公安局公安部特務課課長、戸塚稔（とつかみのる）の朝は早い。

毎朝五時に起床して、敷地内にある道場で日課の素振りを一時間。

風呂でさっと汗を流し、六時半にはスーツに着替えたあと、コーヒーを淹れに食堂へ向かう。

「あ、戸塚さん。おはようございます」

『よい朝だな』

「ああ、西渕（にしぶち）、黄金（こがね）。おはよう」

先客がいた。西渕真澄（ますみ）だ。

エプロン姿で相棒の天狐神（てんこのかみ）黄金とともに朝食を作っていた。

「コーヒー淹れにきたんですか？　お湯、丁度沸きましたよ」

「ありがとう」

戸塚が来るのを待ってましたというように、火にかけてあったポットの口から蒸気が吹き出す。

少しずつお湯を垂らし、粉を蒸らしながらじっくりコーヒーを淹れる戸塚の横で、小気味よい包丁の音が聞こえている。

「いつも朝食ありがとう。手伝えなくてすまないな」

「俺が好きで作ってるんで気にしないでくださいよ。一人分より沢山作るほうが楽なんで」

彼がここに来るようになってからみんなで朝食を摂る習慣ができたな、と戸塚は感謝を覚えながら作業台に真澄の分のコーヒーを置く。

「よかったら一息ついでに飲んでくれ」

「あざっす。戸塚さんのコーヒー好きなんすよ」

『其方たちはよくそんな苦いものが飲めるな。香りだけはよいのになあ』

ふわりと作業台に降り立った黄金がカップに鼻を近づけて香りを楽しんでいる。

「あ、戸塚さんすみません。冷蔵庫から取ってほしいものが……」

「ああ――」

頼まれて冷蔵庫を開けた戸塚は固まった。

見間違いかと思い、一度閉めて開けてみる。ビールや食材を除けて探してみるが、あったはずの場所にソレはない。

『戸塚、どうしたのだ？』

「…………プリン」

小さな声だった。確かに昨日現世に行ったときに買ってきて、楽しみに食べようとそこにしまってあった宝がそこにない。

「俺の、プリンが、ない」

「――え」

振り返った戸塚から放たれる殺気に真澄と黄金は顔を強ばらせ、手に持っていた大根を落とした。

その瞬間、屋敷の至る所から大きな音が響き渡り一斉に足音が近づいてくる。

「なんだなんだ！」

「妖魔でも出たの!?」

現れたのは九十九と三海の男子コンビ。

ゆらりとどす黒いオーラを放ちながら真澄に歩み寄っていた戸塚は動きを止める。

「俺のプリンを食べたのは、誰だ」

「――ひっ」

それは今まで対峙したどんな妖魔よりも恐ろしかった。

「戸塚さん、俺じゃない。朝起きて冷蔵庫を開けたときにはもうなかったです！」

『そうだそうだ。私たちは朝から甘い物なんて食べない！』

半妖天狐コンビは青ざめながら全力で首を横に振る。

次、と三海九十九コンビを睨むと二人は肩を揺らした。

「三海、素直にいうなら今だよ。今ならまだ命までは取られやしない」

「喰ってねえよ！　そ、そういうオマエこそ謝るなら今だぞ！」

「この僕が！　稔さんの大切にしてるもの食べるわけないだろう!?」

「そういいながら前こっそり、ちょこれえと一つ盗み食いしてただろ！」

いい争う二人の顔の間に、凄まじい勢いで叩きつけられた手。

壁を軋ませながら、戸塚は部下を睨みあげる。

「食べたのか、食べてないのか」

「食べてません！」

姿勢を正した二人の声が重なった。

「朝からうるさいなあ。なにがあったの」

騒ぎを聞きつけて、白銀、百目鬼、ヒバナもやってきた。

戸塚の様子と怯える男子たちの様子を見て大方のことは察したらしい。

「稔、犯人はボクじゃないからね。百目鬼も食べてないよね？」

白銀に話を振られた百目鬼はこくこくと何度も頷いた。

「姐さん。後は姐さんだけが頼りだ！」

こうなった戸塚を止められるのは、右腕であるヒバナしかいない。全員に期待の眼差しを送られ、彼女はため息をついた。

「稔、時間は大丈夫なの？　今日は朝から現世に行くといってなかったかしら？」

「………ちっ」

長い間の後、大きな舌打ちをした戸塚は九十九たちから離れた。

「現世に行ってくる。後は、任せたぞ」

僅かな殺気を放ちながら戸塚は現世に向かった。

鬼が去った後、呼吸をするのを忘れていた特務課たちは一斉にその場に崩れ落ちる。

「どうするんだよ、激おこじゃん」

「食べ物のことに関しては稔はねちっこいから……」

「どうするんだよ。命が幾つあっても足りねえぞ」
九十九、ヒバナ、三海が話す中でおずおずと手を挙げた者が一名。
「あの……お話ししたいことがあるのですが——」

百目鬼の言葉に全員顔を見合わせて、朝食も忘れて作戦会議に勤しむのであった。

＊　＊　＊

「戸塚稔。今日、貴様を呼び出した理由はわかっているな？」

「まあ、薄々は」

「先日幽世に迷い込んだ少女神崎ふたば。並びに前科者の姑獲鳥、カガミについてだ」

現世、もとい東京の幽世公安局本部。

会議室にずらりと並ぶ上層部の面々。彼らと一人対峙する戸塚は心の中で大きな舌打ちをした。

「神崎ふたばが幽世に迷い込んだと報告するまで若干のタイムラグがあったな。何故、すぐに報告しなかった」

「神崎ふたばは虐待環境に置かれており、下手に現世に帰しては適切な保護がされないと私が判断し、幽世で保護しておりました」

「適切な保護？　なんでも幽世を連れ回し、妖魔化した海坊主との戦闘に巻き込まれたと報告を受けたが？　おまけに姑獲鳥も戦闘に加わったとか……」

「部下たちは、彼女を必ず守ると信頼したまで。現に神崎ふたばは無傷で、記憶抹消の処理も済んでおります。姑獲鳥カガミについても、彼女を守るために刃を抜いたまで」

戸塚がどれだけ言葉を並べても、重箱の隅をつつくように上層部が噛みついてくる。

「それに神崎ふたばは『カミサマ』とかいう奇妙な声を聞くとか」

「それはこちらでも調べましたが、霊やあやかしの類いが憑依しているようには見えませんでした」

「所詮は子供の戯れ言、か」

鼻で笑う男に戸塚の眉間に皺が寄る。

「半妖、西渕真澄の経過はどうだ。千里眼は使いこなせるようになったのか」

「……千里眼の能力は計りかねますが、西渕真澄自身は日々成長しています」

「さっさと馴染ませろ。本来なら貴重なサンプルとして解剖するところを、慈悲心で生かしてやっているのだぞ。せめてよい駒になってもらわないと困る」

心ない言葉に戸塚の眉間の皺がさらに深まり、拳を強く握りしめる。

「それと九十九恭助についてもよく躾けておくように。主人にのみ従順な犬など使い勝手が悪すぎて困る」

「鬼蜘蛛、子鬼、天狐の片割れ、烏天狗についてもしっかりと首輪を絞めておけ。今はこちら側だとはいえ、彼らは元前科者。いつ寝首をかかれるかわかったものではない。戸塚、貴様は最近少々部下に甘すぎで――」

爆音が彼らの小言を遮った。

戸塚が彼らの机を思い切り拳で貫いたのだ。固い天板は歪み、上層部たちは慄き身を仰け反らせる。

「いいたいことは以上ですか？」

眼鏡の奥に殺気を滲ませ、戸塚は彼らを睨みあげた。

「私を急に呼びつけ、愚痴やら小言を浴びせかけるのは結構。ですが……私の部下を貶める発言はやめて頂きたい。そのために私は責任を持って彼らを見守っているのですから」

失礼、と乱れた服を整えながら戸塚はさっさと会議室を後にした。

「ふーっ……」

廊下を歩きながら盛大なため息を零す。上層部に呼び出されてよかったためしはないが、今日は特に散々だ。

苛立ちを抑えながら歩いていると向かいから見慣れた顔が近づいてきた。

「あ？　なんだ戸塚、お前今日来てたの……か」

その相手は同期の不動だった。思わず睨むように大柄の男を見上げれば、いつも威勢が良い彼はぐっとたじろぐ。

「なにか用か？　今、虫の居所がとても悪いんだ」

「たまたま通りかかっただけだ！　俺がいつも噛みつくと思うなよ。なんだ、上からの呼び出しか」

「まあ、そんなところだ」

ネクタイを緩める戸塚を見て、不動はなにか悟ったように「ちょっと待ってろよ」

と彼を引き留めるとどこかへ姿を消した。

「ほらよ」

「どういう風の吹き回しだ」

少しして帰ってきた不動が差し出したのは一本の缶コーヒー。それを戸塚は訝しげに見つめる。

「やめてくれ、調子が狂う」

「慰めてやってんだから素直に受け取れっつーんだよ！　土蜘蛛の一件、不本意ながら特務課には世話になったからな。その礼だ！」

一応命がけで戦ったのにその礼が缶コーヒー一本は軽すぎないか、という本音を戸塚は飲み込んだ。これが不動なりの精一杯の誠意と励ましなのだろうから。

「ありがたく受け取るよ。次はスタバのギフトカードで頼む」

「お前も遠慮がねえな!?」

缶コーヒーを有り難く受け取り、同期のいつも通りの怒声を背中で受け止めながら戸塚は幽世へ帰る事にした。

（……いや）

幽世に通じるエレベーターの前で動きを止める。

今日は朝から災難ばかりだ。なんだか無性に甘い物が食べたい。少しくらいなら寄り道しても良いだろうと、戸塚は気分転換に東京駅へ向かうのだった。

＊　＊　＊

『ぐへへ……美味(うま)そうな人間がいるじゃねえか』

気分転換したはずの戸塚の受難はまだまだ終わらなかった。

目の前には粗暴な巨人。気配を察するに妖魔に違いない。

『どうした？　怯えて声も出ないか？』

嫌らしそうに笑う妖魔。戸塚はじっと足元を見つめていた。

そこに落ちていたのはケーキ箱。そう。彼が帰り際に東京駅で買ったプリンが入っていた。まさか、一日で二度もプリンを失うことになるとは。

「……怒りと悲しみを通り越して笑えてくるな」

《――あ、あの。戸塚様》

薄ら笑いを浮かべていると百目鬼から通信が入った。

《壱番街に妖魔が現れました。その……恐らく戸塚様の目の前に》

彼女の声は妙におどおどしていた。

「ああ、今目の前にいるよ。俺が片付けるから待機でいい」

戸塚は普段通りに返答し、妖魔には目もくれず箱を拾い上げる。

幸いなことに箱は壊れていなかった。中身はどうなっているかわからないけれど。

数量限定のプリン楽しみにしていたのに、と無意識にため息が漏れる。

『おい、人間！　俺様を無視するなんていい度胸だな！』

「なんだ。まだいたのか」

顔をあげると怒りで顔を真っ赤にした妖魔が未だに立ち塞がっていた。

「ヒトごときが俺様を馬鹿にしやがって！　許さねぇぞ！」

「さっさといなくなれば見逃してやったのに。それがお前の運のつきだ」

戸塚を叩き潰そうと振り下ろされた手は当たることはなかった。

『え――』

きらりと輝く刀の切っ先。まぬけな妖魔の声。

その腕は一刀両断され、力なく地に落ちた。

「すぐに片付けさせてもらう。悪いが、俺は今とても機嫌が悪いんだ」

「お前まさか、特務課の戸塚――」

妖魔が後悔したところで時既に遅し。

運悪く、公安局最強の人間に鉢合わせた妖魔は一瞬で消滅させられた。

後に残ったのは妖魔の残骸と、凹んだ紙箱。

憂鬱な気分のまま、戸塚は本部へと戻っていくのであった。

「――ただいま」

時刻はすっかり昼下がり。本部に続く襖を開けるとそこはもぬけの殻だった。

そういえば百目鬼ともヒバナともすれ違っていない。外回り組も出掛けている気配はなかったが――と、上着を脱ぎながら部屋を見渡すと、机の上になにかが置かれていることに気がついた。

「なんだ、これ」

そこに積まれていたのはお菓子の山だった。

現世のものから幽世でしか買えない駄菓子や団子など様々な甘味が並んでいた。

「お前たち、これは一体どういうつもりだ？」

ちらりと背後に視線をやると、襖に隠れて様子をのぞき見していた部下たちが体を震わせた。

「そんなところに隠れていないで、出てくればいいだろう」

「あー……あのさ、稔？」

『決して怒らず、冷静に聞いて欲しいのだが』

最初に出てきたのは天狐コンビだ。両手をすりあわせ、機嫌を窺うように近づいてくる。

「怒るかどうかは話の内容による。なんだ」

「……頑張れ、ほら」

『私たちもついているから』

そういって二人が一歩ずつ横に除けるとその間から百目鬼が現れた。

「戸塚様……あの。この度は、大変申し訳ありませんでした」

俯きがちに戸塚に歩み寄った彼女は震えながら頭を下げた。

「戸塚様のぷりんを食べてしまったのはあたしです。すみません、故意ではなく。余っているものだと思って、誤って食べてしまって」

『其方がカンカンに怒っていたから百目鬼もいいだせなかったのだ！』

「そう、そうそう。三海と恭助を脅すから、百目鬼もびっくりしちゃったんだよ！」

師匠たちが懸命に弟子を庇う。が、表情一つ変えず百目鬼を見下ろしている戸塚を見てあの天狐コンビの言葉尻がすぼまっていく。

「あたしはまた、盗みを働いてしまいました。それも恩人の戸塚様が大切にしていたものを……どんな処罰でも受け止めます」

百目鬼は今にも泣き出しそうなほど声が震えていた。

「百目鬼、顔をあげなさい」

いわれるがままに顔をあげた百目鬼。真顔の戸塚を見てさらに身を縮こませる。

　すると戸塚が彼女に向かって手を伸ばした。

　なにをする気だと、全員が息を呑む。

「美味しかったか？」

「え？」

「あのプリン、美味しかったか？」

「え、あ……はい。とても」

　なにを聞かれているかわからず、百目鬼はぽかんとして頷いた。

「同じものを買ってきたんだ。皆で食べようと思ったんだが……先程の妖魔にはたき落とされてしまってな。崩れてしまったかもしれない」

　彼女に差し出したのは手に持っていたプリン入りの箱。百目鬼はきょとんとしてそれを受け取る。

「怒って……いないのですか？」

「名前を書かなかった俺が悪い。正直に教えてくれてありがとう」

　戸塚が百目鬼の頭を撫でると、彼女は安堵したように微笑んだ。

　その瞬間緊張の糸が切れたのか、背後で見守っていた面々もその場に座り込む。

「ね、だからいったでしょう。そんなに稔は鬼じゃないわよ」

「でもヒバナさんだってもしもの時のためにって多めに買ってたじゃないですか！」

『そうだそうだ。その証拠に、其方も座り込んでいるだろう』

真澄と黄金に指摘されたヒバナは照れくさそうに笑っている。

「もう朝から心臓に悪いぜ、やめてくれよ旦那あ」

「三海、何回も『オレ、食べてないよな!? 食べてないはずだ！』って確認してたもんね」

わかりやすく安堵している三海を白銀がけらけらとからかう。

「ねえ、稔さん？ もし僕か三海が食べてたらどうしてました？」

そんなの聞かなくてもわかるだろう、と戸塚は不敵に笑う。

「決まってるだろう。人の物を勝手に食べたことを後悔させてやる。少なくとも、お前達が食べた場合は故意……だからな」

眼光鋭い戸塚を見て、改めて「戸塚を怒らせてはいけない」と全員が心に誓った。

みんなで一つのテーブルを囲み、少し崩れたプリンを食べる。

「……いい部下に恵まれたものだ」

「なに、稔さん……そんなオッサンくさいセリフやめてくれません？」

思わず感嘆が漏れた戸塚を怪訝そうに九十九が見やる。

問題児、道具だと呼ばれても彼らは戸塚にとって可愛い部下。今では皆が家族みたいな存在だ。

ずっと穏やかな日が続けばよいと思う。

彼らと過ごす日々は、かけがえのないものだから。

——本書のプロフィール——

本書は書き下ろしです。

小学館文庫

東京かくりよ公安局
落チル月

著者　松田詩依

二〇二三年五月七日　初版第一刷発行

発行人　石川和男
発行所　株式会社 小学館
〒一〇一-八〇〇一
東京都千代田区一ツ橋二-三-一
電話　編集〇三-三二三〇-五六一六
販売〇三-五二八一-三五五五
印刷所――――大日本印刷株式会社

この文庫の詳しい内容はインターネットで24時間ご覧になれます。
小学館公式ホームページ　https://www.shogakukan.co.jp

ISBN978-4-09-407256-3